巴黎记

于坚 著

江苏凤凰文艺出版社
JIANGSU PHOENIX LITERATURE AND ART PUBLISHING, LTD

图书在版编目（CIP）数据

巴黎记 / 于坚著 . — 南京：江苏凤凰文艺出版社，
2020.1 (2020.6重印)
ISBN 978-7-5594-4483-7

Ⅰ . ①巴… Ⅱ . ①于… Ⅲ . ①散文集 – 中国 – 当代
Ⅳ . ① I227

中国版本图书馆 CIP 数据核字 (2019) 第 287597 号

巴黎记

于坚 著

出 版 人　张在健
图书策划　楚尘文化
项目统筹　孙　茜
责任编辑　李珊珊　李　黎
特约编辑　章　武
装帧设计　一千遍工作室
责任印制　刘　巍
出版发行　江苏凤凰文艺出版社
　　　　　南京市中央路 165 号，邮编：210009
网　　址　http://www.jswenyi.com
印　　刷　北京华联印刷有限公司
开　　本　880 毫米 ×1230 毫米　1/32
印　　张　12.5
字　　数　139 千字
版　　次　2020 年 1 月第 1 版　2020 年 6 月第 2 次印刷
书　　号　ISBN 978 - 7 - 5594 - 4483 - 7
定　　价　88.00 元

题 记

诗人于坚关于巴黎的絮语、思维片段、想法、记录、见闻、观感、手记、便条，或者胡思乱想的意识流、张冠李戴，以及实地街拍。一个另类的巴黎，他憧憬的巴黎，虚构的巴黎，亲历的巴黎，已经辞世的巴黎，或者他愿意居于其中的巴黎。也许真有这个巴黎，也许没有。

埃菲尔铁塔的核心部分

在埃菲尔铁塔上张望的男子

米拉波桥或者别的桥，我以为塞纳河上的桥都是米拉波桥

塞纳河的夏天，阳光，乌云。站在河岸的阴影中，她接到来自天空的电话

一个下午，莎士比亚书店门口

博物馆内的一个小花园

蒙娜丽莎、モナ・リザ、Mona Lisa……

塞纳河之夜

巴黎动物园

跳蚤市场的一件待售品

1

灰色天空下
旧事物闪着光
地铁从教堂的地下爬上地面
烟囱在左岸冒烟
书店和诗集关着门
地中海来的船只刚刚冻结
米拉波桥上没有行人
阿波利奈尔啊不知所终
他的幽灵在我心中
青春一去不返
下着雨　塞纳河流向远处高原
——2005 年

2011 年 10 月 18 日

我站在共和国广场附近的博勒佩尔街（Rue Beaurepaire）上，打量着一道门，一道双开的暗绿色木质大门，黄色铜锁上的锁眼已经磨得有点塌陷，似乎一推就开。推了一下，纹丝不动，还是得用钥匙，这把小钥匙与这大门极不相称，就像一颗要扎入大树去的钉子。要是在中国的话，这样的大门应当装着狮子头扣环，不是用钥匙开，要先叩门环，然后门房在里面将门闩拉开，哗啦，咯吱，一阵序曲般的声响，开门是一个仪式。抬腿跨到里面，外人已经规规矩矩了。这种大门如今在中国的私人住宅里已不多见。偶尔有些暴发户安装了这样的大门，也是新崭崭的，而且很少是木质的，大都是金属做的防盗门了。这道门是个古董，我估计已经用了一百年以上，下面那道边已经磨腻，漆色褪去，露出松垮的木纹，缝很宽，塞得进一根长棍面包。这条街就是一个古董，两边都是风格一致的六层楼房，每一层的落地窗前都有等距排列的阳台，用黑色的铸铁栏杆围着，坚固而疲惫的样子，一些堆着杂物，另一些开着花或者不开。房子是米黄色的石头建造，风吹雨打，已经失去本色，暗了。整个巴黎都是幽暗的，曾经是亮闪闪的、白刷刷的石头城，现在暗淡了，犹如落日的余晖，风情不再，但也没有沦入黑夜，沦入永恒的暮色中。许多来路不明的痕迹从屋顶顺着生锈的下水管流下来，有的地方长着暗褐色的苔藓。如果不是街面上一家挨着一家的咖啡馆、面包店、时装店、旅馆、超市、眼镜店、古董店、水果摊、报亭、理发厅……这建筑物可以算废墟。呵呵，我将要住在一栋废墟里。开了门，楼道黑森森，水门汀地板上扔着几卷有气无力的报纸。没有电梯，我得提着箱子上到顶楼去。

2

1994年10月9日

1994年秋天，我刚40，第一次离开祖国。我在机舱里静静地揣着护照，我总是害怕它会飞走。旁边坐着三个形迹可疑的朝鲜人，缩成一团，袋子放在脚下，拉链口子上露出几瓶酒。有人上了飞机，在起飞前的几分钟又被带下去。那时候，出国就像是一种逃亡，失去了信任，你到外国去干什么？叛国投敌的怀疑笼罩着每一本护照。在海关，士兵声色俱厉地盘问我，哪个单位的？去干什么？除了护照，我还得给他一张同意出国的、盖着红色公章的单位证明。站在那个高高在上的柜台前面，感觉自己是站在一座悬崖边上。惊魂未定的旅途，直到透过飞机的小圆窗看见下面安静的俄罗斯大地，乌云层叠，森林密集，湖泊遗珠般散落其间，我才确定不疑，安稳下来。天黑后，我落进巴黎，什么也看不见了，黑沉沉的城，像大地上的星空，有几串星子在移动。旅馆的房间里有巨大的黄色搪瓷浴缸，洪流般的温泉从墙壁里冒出来，其实不过是一只已经磨得有点旧的大号浴缸。那时候浴缸还没有在中国普及。我躺在天堂般的浴缸中，想象着明天的巴黎，那一定是个闪闪发光的地方，矗立着我在电视里见过的那种雄伟高楼、玻璃幕墙，充满着各种尖端设备、电影明星……世界的终端，已经完工的未来，就像那些未来城市景观图所描绘的那样，人们在光辉灿烂的新小区里过着幸福生活，提着鼓囊囊的购物袋刚刚走出珠光宝气的大商店。天亮时，打开窗子，外面是一群红顶黄墙的低矮楼房，就像《格林童话》里那些塌鼻子的小矮人，一群麻木不仁的鸽子正在天空飞渡，几乎可以看见地平线，没有什么建筑物高耸入云，有点灰溜溜的，一个旧巴黎。我觉得自己来到了《格林童话》的某一页里，那些法国民居在我看来就像是宫殿，与我童年时代在《格林童话》里看过的插图中描绘的差不多，安静得惊心动魄，没有人的城市，隐约传来汽车的零碎声音，像是一群刚刚毕业的马蜂。

这个早晨令我崩溃，窗子外面那个旧兮兮的巴黎对我的世界观的冲击，就像一场原子弹爆炸，我的城市正汹涌着一种庸俗不堪的维新思潮，拆得个灰尘滚滚。20多年前，我秘密地阅读过许多法国文学，罗曼·罗兰、大仲马、小仲马、巴尔扎克、雨果、左拉、莫泊桑、司汤达、波德莱尔……一边读一边担心着被捕，它们都是“文革”时代的禁书。这种危险的地下阅读，令我比普通的读者更尖锐地进入那些文字，那是吸毒般的阅读，就像一种秘密的逃亡。语言就是存在，我悄悄地越过国家话语的高墙，逃进另一个语言世界，在另一种语言中塑造着另一个我。而就在距离这些秘密读物不过几厘米的地方，随便一张纸都弥漫着那种光明正大的语言：打倒、消灭、阶级、战斗、无往而不胜、正确、伟大……罗曼·罗兰阴暗沉静琐屑的语言是从一个朋友那里传到我手上的，有一天，朋友秘密地借给我《约翰·克利斯朵夫》，这套书大约已经传递了数百人，书页已经磨损，像被老鼠啃啮过。那时，我正在昆明一家工厂当工人，一下班就忙着回家读它，似乎自己的小房间里藏着一个情人。白天将它藏在床底下的一只曾经装着墨水的旧木箱子里，用上海产的永固牌挂锁锁起来，钥匙藏在一个旧信封里。我只有 5 天时间读这部书。这部书的汉语版长达九百多页，我必须在 5 天里读完归还。我读完了，从第一个字到最后一个字，还做了一本笔记，抄下了许多格言。“太贫弱了，太灰色了。人类需要欢乐，需要无所顾忌，需要敢于大胆的亵渎偶像，包括最神圣的在内。……怀疑与信仰，两者都是必需的。怀疑能把昨天的信仰摧毁，替明日的信仰开路……”后来这个格言手抄本在我的朋友中秘密传阅。那时候我们 20 岁出头，非常需要那种关于如何生活、鼓励叛逆的警句。国家太贫乏了，除了标语、口号、语录、社论，没什么可读的，真理沉默如铁，长者守口如瓶，没有任何人会告诉青年关于生命、爱情、人生、奋斗、生活的真理。我比我同时代的人幸运，居然得到了这些书。我记得我疯了似的在大街上奔走，与另一位也阅读了此书的朋友通宵达旦地谈论这部书。

教堂的钟声响起
之后紧跟着警笛

我该听哪一个　告诉我
或者给我两副耳朵

我走出旅馆来到街上，即刻进入了巴尔扎克小说的某一章里：青石块铺成的地面，灰黄色的骑楼，贝姨站在窗口浇花，鸽子在天空中拉屎，微焦的面包味，苦涩的咖啡味，许多苹果被切开了，露出屁股般的肉（那时候苹果非常稀罕，我一年也吃不到一个），香蕉刚刚剥皮，阳台，阳台上的小花园，一只猫在阁楼的窗口蹲着，世界仿佛蒙着一层包浆，停在遥远的一日。我青年时代的某一天，我在梦里来过这里。转过街角，一个菜市场滚出来，喧哗、新鲜，水灵灵的玫瑰、亮闪闪的鱼、骨头、猪下水、牛肉、葡萄酒、奶酪、大南瓜、百合花、土豆、香肠、金砖般的面包、大胖子、嬷嬷、屠夫、太太、大婶、小姐、老爷子……几个小伙子看见我愣头儿青般东张西望，就朝我做鬼脸，撇着嘴弄出为婴儿催便的响声。我獐头鹿耳，转身想跑，他们咧嘴大笑。这是外祖母的菜市场。一瞬间，我对巴黎产生了好感、信任。我一直以为巴黎只是一堆发黄的禁书，或者一个空掉的香水瓶——1966 年，许多巴黎瓶子从昆明金碧路的窗子里被扔到大街上，有的香水还没用光，街道上弥漫着它们奄奄一息的气味。金碧路是一条巴黎风格的街道，20 世纪初滇越铁路通车后，陆续盖起来的。难道巴黎人没有把巴黎拆掉？我一直以为全世界都在追求焕然一新。在最繁华的地带，忽然出现一道两百年前打造的木门，腐朽得就像是一张麻风病患者干掉的脸，狰狞可怖，死亡之门，已经无法开关，只是毫无用处地靠在门口。必须在想象中进出，在想象中转动那已经锈死的黄铜门锁，在想象中穿过阴郁的天井走上楼梯。我一直被蒙在鼓里，以为求新是一个世界趋势，全世界都在忙着推倒重来。我茫然，发现巴黎岿然不动，沧桑大道，到处是历史、时间、细节、包浆、旧世界。一头顽固守旧的大象，趴在世界之夜中。我没有抵达未来，倒仿佛回到了过去。

3

2011 年 10 月 25 日

野兔的房子有客厅、厨房、一个小单间（可以放一张单人床和一张桌子）、两个连通的房间，以及两个卫生间。从前，有一家人就在这里睡觉走动，生儿育女，房间里到处是他们生命的痕迹，他的剃须刀、肥皂盒子，他的旧眼镜框，他的旧磁带，她的空掉的香水瓶子、戒指盒、手袋……他们的絮语仿佛还没有消散。衣柜上摆着主人一家的照片，他父亲，他母亲，他 5 岁或者 9 岁，上世纪 70 年代。还有从某地旅行带回的小玩意儿，俄罗斯娃娃、象棋，为什么带回这些？从前带回它们的冲动早已搁浅，其意不明。小玩意也老了，蒙着暗藏含义的灰。书架上还藏着一幅拓片，明代的楷书。房间都很小，最大的也就 10 平方米。每个房间都有落地窗，窗子打开就是阳台，已经多年未用，摆着些空着的花盆和杂物。巴黎的房子大多是几何形的，各种三角、楔形和方形的组合，这种奇妙的组合倒解构了几何。这套房间连接在一起，是一个圆的四分之一。这栋楼其实是圆的，就像钟表，从 12 点走到 15 点是一家，15 点到 18 点是另一家。如果要进入 18 点到 24 点的房间的话，就要从后面那条街的另一道门进去。

今天醒得太早，就打开窗子，看黎明前的巴黎。巴黎就像一头躺在宇宙动物园里的野兽，有着古老的胎毛和幽深的眼睛，它幽深得就像一口永不见底的井，足以让人慢慢地、长久地端详。楼下面大街的灯亮着，还没有人出现。在商店的橱窗，塑胶做的模特儿亭亭玉立，沾沾自喜地展示着她们光滑冰凉的大腿，已经站了一整夜，冻僵了似的，令人怜惜。昏暗曚昽的街角睡着一家人，就像被清洁工遗忘的垃圾袋。几个大大小小的脑袋萝卜般蒙在被子下面，怀着一种无家可归者对世界善意的信任，没有人赶走他们。头顶星空浩瀚，我坐在阳台上，就像一只猫，仿佛刚刚从黑暗的天宇中走下来。

想起我青年时代的朋友老严，**30**年前他投奔了巴黎，狂热的工厂左翼青年，崇拜巴黎公社，迷信“生活在别处”“更好的”“未来”。在铸铁车间刚刚冷却的齿轮堆旁朗诵马克思的《路易·波拿巴的雾月十八日》，翻毛皮鞋深陷在沙盘里。“文革”一结束就移民法兰西，出了戴高乐机场，拎着行李就去找巴黎公社社员墙。后来在**13**区结婚，生了一群孩子。我第一次到巴黎，在他家住了一夜，彻夜长谈。他将巴黎视为彼得堡，一个世界革命的中心。后来，终于发现世界是平庸的掩体，巴黎尤甚。法国大革命并没有将巴黎改造成一个崇高的城市，这里不是欧洲的耶路撒冷，没有人要听他用昆明腔的法语朗诵《路易·波拿巴的雾月十八日》。只有庸常，日复一日的羊角面包、奶酪、咖啡、橙汁、火腿、牛排，像经典绘画一样挂在卢浮宫的墙上。塞纳河畔无休无止的风流韵事，地铁进进出出，按时到站，没有更快，也没有更慢……未来没有出现。挣钱养家的任务繁重，深陷孤独，妻离子散，听说他最后去了诺曼底的海边，在礁石之间不知所终。

老严是一个诗人，以为凭着激情、浪漫主义和一堆时髦的观念就能闯荡世界，最后老家也回不去了，他无法提着一只仅装着几件旧衣服而不是巴黎香水的箱子回老家，衣锦还乡是流亡者的紧箍咒。我离开巴黎的时候，他妻子托我带一堆巴黎香水回昆明，她教我，香水太重，可以背在身上，托运的箱子里放些轻的东西。天光渐亮，一座教堂蒙蒙地出现了，云挡着它的尖顶。一辆黑色小汽车缓缓地驶过依然空无一人的街道，就像一辆灵车。我不是在怜惜老严，我是在怜惜自己，虽从未离开昆明，我也丧失了故乡。老昆明灰飞烟灭，新昆明加深了我的无根感，令人更痛楚。老严的根在他揣着一本护照登机之后就被斩断了，我的根让我自己眼睁睁地看着它一点点被拔除。

> 诗人若想使人的生活变得轻松，他们就把目光从苦难的现在引开，或者使过去发出一束光，以之使现在呈现新的色彩。为了能够这样做，他们本身在某些方面必须是面孔朝后的生灵；所以人们可以用他们作通往遥远时代和印象的桥梁，通往正在或已经消亡的宗教和文化的桥梁。他们骨子里始终是而且必然是遗民。（尼采《人性的，太人性的》）

我对巴黎一见如故，它不是我的故乡，却时时刻刻唤起我对故乡的记忆，那些古老的街道，每条都像是昆明的金碧路，那些房子，每间都会产生回到尚义街 **6** 号的幻觉。昆明如今充斥着关于未来的好大喜功的种种观念，不只是书本上的观念，而是空间现实。高大上不再是观念，而是小区、街道、楼房。每起来一栋高楼或者修筑一条道路，故乡就死去一点。从青年时代到今天，故乡一日日成为废墟，童年的世界在消失。我曾经以为这个世界就是白昼，黑夜，地久天长，永远如此。一天天，我目睹水井一个个填掉，老树一棵棵失踪，朋友一个个离开。我就像 **1945** 年 **5** 月柏林的某个德国人那样望着自己的老家目瞪口呆，不知所措。巷子在消失，花园和树木在消失，作坊在消失，菜市场在消失，小摊小吃在消失，鞋匠和裁缝在消失，米线馆在消失。我的游泳池消失了，我的足球场消失了，我的电影院消失了，我的书店消失了，我的昆虫消失了（萤火虫永远失踪了，乌鸦也失踪了）。幽灵在消失（我少年时代它们住在登华街坡底的一棵老槐树的树洞里），古董在消失，画栋雕梁在消失，鲜花和沿街卖花的彝族姑娘在消失，挎着提箩来卖鸡蛋的大娘在消失，邮递员在消失，送牛奶的三轮车在消失，邻居在消失，熟人在消失，那些讨厌的屠夫在消失（没有人再和你吵架，讨价还价了）。卡车运走了那些家具、门窗、黑板、小学、中学、网球场、篮球架、浴室、书店、菜市场、枇杷树、樱花树……大学的同学都搬走了，永不再见。搬家公司的大卡车一辆接着一辆，谁也不知道邻居们搬到何处去了，仿佛他们是犹太人。一切都消散了，各色各样的假模假式的东西蜂拥而入。一夜醒来就发现隔壁的房子垮了，整条街道不翼而飞，仿佛发生了局部地震，废墟上蹲着戴安全帽的几个人在抽烟，撬棍和大锤扔在脚边。街头会突然出现一个全新的花园，里面长着我从未见过的植物（后来，它们在冬天死了）。人们在为各种奇迹欢呼，惊叹，期待着更多的奇迹。报纸欢呼，旧貌换新颜，一天等于 **20** 年。搬家成为一种在世的光荣，人生的胜利，我不敢在那崭新的花园和大街上走，我害怕迷路，害怕那些无根之木倒塌。回忆成为写作、生活的主要动力，失去记忆，我不知道我将如何度日。

落叶在我脚下窃窃私语

在这个古老的城邦里
天才和有理想的人都已离开
剩下喝水的盲人和拄手杖的大师
水井　旧窗　厨娘　还有住在武成路的博尔赫斯
还有那家小诊所　中药铺寂寞地等着号脉
只有我还在故乡　那些越来越密集的
废墟——就像闹市　包围着我

只有我还在那些模糊的街道上走
我无法离开　我的爱情在那棵柳树下面
一个聋子又能逃去何处　那些秘密的声音
那些金子多么安静　落叶在我脚下窃窃私语
——2017 年 12 月 18 日

“世界上没有哪个国家对伟大的东西如此严厉，而对渺小的东西如此不屑与宽容。”（巴尔扎克《邦斯舅舅》）巴黎，到处是过期的宴会、过期的下水道、过期的电线杆子、过期的墙壁、过期的情人、过期的柱子、过期的表白、过期的墙垛、过期的剧本、过期的台阶、过期的座位、过期的雨篷、过期的孤独和忧郁……“无墙的博物馆”，马尔罗这位老巴黎如此形容巴黎。巴黎在乎的只是它过时的、致命的美。迷恋这种过期的破败之美只会使人堕落，失去现代世界必备的进取之心。我无可救药地堕落着，没有工作，没有单位，远离祖国，不是法国人，更不是巴黎人，也不是腰缠万贯的游客，我像某种蛆一样爬在巴黎这本腐烂的巨书里。你无法在任何一本真正的书上看到巴黎，这本书是人类创造的自然之书，第二自然的经典，读这本书就像上床一样，你得自己爬进去，毫无廉耻地浸淫其中，就像与一位即将倒塌、肥胖淫荡而魅力无穷的老妇做爱，耗干的是你的心智而不是你的肉体，你会获得生命的深度、无用的奢侈、丰富的贫乏。这城市充满着无用的诱惑，这种诱惑有色情的部分，有神秘的部分，有回忆的部分，有未知的部分；有一见钟情，也有厌倦；有喜悦，也有迷惘；有兴奋，也有忧伤。这位老妇曾经国色天香，如今老态龙钟，失去了肉体的鲜味，但被时间之盐腌制得风韵十足。这是一个世界故乡，当所有的故乡都被摧毁之后，故乡的旧家具、霉味、盐巴、灰尘、剥落的镀金、幽灵等等全都集合到这里。我嗅到一个腐烂的蔷薇园的气味，多年前它曾飞过昆明，一群暗紫色的芳香之鸟。

4

2018年3月2日

互联网上的巴黎地图，随便打开一个角，比如意大利广场周边，在法语名称的汪洋大海中马上会跳出来很多汉语名字：药店、电影院、亚洲风味餐厅、巴斯克餐厅、男装店、验光室、有机食品店、健身房、医院、教堂、冰库、地铁站、黎巴嫩风味餐厅、酸奶冰激凌店、日式餐馆、艺术用品店、时尚佩饰店、香格里拉邮局、超市、千丽寿司、珠宝店、泰国风味餐厅、加油站、越南风味餐厅、唐兄亚洲杂货店、女性内衣店、糕点店、家居装潢器材店、中学、中餐馆……这还是极其粗略的标示，为那些只住一两夜的观光客特意译出的。

这条街逛一个小时，那条巷听街头艺术家打鼓半小时，又一条街逛一刻钟，看那家的羊角面包，做得真是好。逛进一个街心公园，找条长些的椅子睡一觉；或者爬上儿童滑梯，熊一样梭下，忽然发现自己的脚太长了，杵地，差点骨折。我年轻的时候，大地是一张床，哪里都可以睡，我以前睡过稻草堆、高山顶（就睡在太阳旁边，一直睡到它落下去，身上冷时醒来，天已经黑了）、石头、湖畔的沙地、滇池边的草棚子、火车厢的座位下面、轮船甲板、浴室、寺院的长廊、石宝山的大雄宝殿、泸沽湖农民家堆玉米的仓库……有个夜晚，睡在狮子山中一个堆放柴火的小房间里，我们撬开了锁，里面堆满松树枝，刨出窝，睡了一夜，背被戳得肿起来。现在，我要在教堂的台阶上小睡，就像那些小说里的狗，睡够了，找个戴表的人问问时间，乱找个方向继续走，一直逛到华灯初上，还要乘着夜色走，夜色是一乘五光十色、微飔凉爽的轿子。

5

1923年11月9日

1923年11月9日，詹姆斯·乔伊斯在致哈莉特·肖·维弗的信中写道："我想找一间有五六个房间的公寓，其中有三个卧室，还要有客厅和厨房。"这种规格的房子在巴黎很多。2006年的春天，巴黎有一套这样的房子暂时属于我。这套80平方米左右的房子是野兔的，我就不说他的法国名字了，一个戴眼镜的、身材结实的、黄头发的巴黎人，反正他的黑葡萄般的一小串法语名字也没有谁记得住。野兔是电子工程师，开着一个公司，曾经在中国待过10年。他喜欢诗歌，把我的诗翻译了一本，没有出版，他就是自己翻着玩。野兔在这些房间里长大，上学，结婚，跑去中国，在那里学会了汉语，又回来，搬家。老房子现在只是在他来上班的时候住几天。野兔每天早上起来，空腹喝一口缸不加糖的咖啡，就下楼到公司去了。这是他长大的房间，最里面的卧室贴着几张水彩画，稚气的涂鸦，色彩暗淡。柜子上有几个相框，是野兔少年时代与他父母的合影，英俊少年靠着母亲的肩头。旧照片都有一种忧郁的气质，看着它们，总是要想那些往昔的时间中，曾有过怎样的生命，怎样的人生。

他家在这房子里住了两代，直到夏东在枫丹白露买了房子，这才空下来，这是拿破仑三世以来陆续建造起来的公寓中的一套，波德莱尔、左拉或某人未成名之前住过的那种，其实从前左拉就住在这一带，只隔着四五条街。顶楼是六楼，木质的旋转楼梯环绕着一个阴暗的小天井上升。磨得像黄铜的扶手是不是桃花心木的，我不知道，总觉得那就是桃花心木的，或许是青年时代看了许多法国小说，里面经常说起桃花心木。那时，我是一个“外省生活之场景”的沉默旁观者，读了许多巴尔扎克、雨果、大仲马、莫泊桑……19世纪的小说写得就像纪录片，那时候没有电影，作家描写现实，好像都抬着摄像机，场景写得非常精细。那时候图像记录世界的革命还没有开始，作家得有很强的写实能力，得有摄影师的功夫，让读者看得见真实的世界，看见人的样子，看见他们在做什么，用左手还是右手握着咖啡杯，楼梯什么样，沙发什么样，厨房什么样，衣架什么样，高老头是酒糟鼻还是鹰钩鼻……都要款款道来，令读者身临其境。文学是一种语言创造的现实，语词的故乡，语词的家具，语词的行动，语词的情绪，青年时代的阅读，往往沉迷其中，全神贯注，读者与作者很容易移位，小说里的事情就像真的在发生着。多年之后，已经难以分清我只是翻过几本书，还是曾经在那儿生活过。

零乱的卧房，少了一只抽屉的核桃木横柜，三把麦秆垫的椅子旁的小桌子满是油腻，一把缺口水壶放在小桌上。为了孩子们，又在横柜前面加了一张铁床，这一切差不多占去了整个屋子的三分之二。热尔维丝和朗蒂埃的箱子敞着盖摆在角落里。里面没有衣物，只有一顶破旧的男帽压在一些肮脏的内衣和袜子下面；靠墙的椅子背上搭着一件有破洞的披肩，一条溅满泥的裤子，尽是些旧衣店的商人们不肯收购的破旧东西。壁炉台上，两支已无法成双配对的铝铁灶台的中间放着一叠粉红色的当票。这间屋子算得上是这个旅店的上乘房间，位于二楼高低合适且不说，还面对着街道。（左拉《小酒店》）

小说像它自己的时代一样缓慢，看了三页，只是说了一个房间。现在图像流行，写作就越来越模糊，越来越爱表现自我感受了。许多现代小说，什么也看不见，只是意识流。普鲁斯特的意识流，还有看的成分，不完全是意识流，意识流与现实场景交错。《红楼梦》号称“梦”，而那小说好看也是因为它是“看得见”的，是中国 **18** 世纪生活的纪录片。

又进一道碧纱厨，只见小小一张填漆床上，悬着大红销金撒花帐子，宝玉穿着家常衣服，靸着鞋，倚在床上，拿着本书；看见他进来，将书掷下，早堆笑立起身来。贾芸忙上前请了安，宝玉让坐，便在下面一张椅子上坐了。（《红楼梦》二十六回）

唐诗都是可以看见的，看得见和看不见相得益彰。“两个黄鹂鸣翠柳，一行白鹭上青天。”看得见的，如果都是“望帝春心托杜鹃”就太玄了。中国诗论大多喜欢强调“空灵”这一面，而忽略了诗的“看”。东坡说，诗中有画，画中有诗。画，说的就是看。文字的看与现实不同，文字的看有梦的效果。你是看见的，但写成文字，就是梦了。文字永远不会有现实的精确，何况汉语，更是模糊，多义。文字在虚幻与现实之间，植入记忆，就像一个梦乡。文字的这种梦幻感，倒是摄像机拍不出来的，比如：

> 紫鹃雪雁素日知道林黛玉的情性：无事闷坐，不是愁眉，便是长叹，且好端端的不知为着什么，常常的便自泪不干的。先时还有人解劝，或怕他思父母，想家乡，受委屈，用话来宽慰。谁知后来一年一月的，竟是常常如此，把这个样儿看惯了，也都不理论了。（《红楼梦》第二十七回）

如今来到那些法国小说描写过的建筑中，就像回到了梦里的故乡。当我在那排朝着博勒佩尔街的窗子前张望的时候，常有做梦的感觉，这个房子我似乎住过，那些气味，那些窗帘，那只在对面阁楼的窗台上蹲着的黑猫，那些平庸而喜欢聒噪的鸽子，那排土陶花盆，种在里面的东西都干掉了。

6

2011 年 10 月 13 日

博勒佩尔街在共和国广场后面，靠近巴黎的运河。旅游者很少到这里来，街道上开着历史悠久的面包店、肉店、旅馆、阿拉伯人的蔬菜摊子、地毯店、小型超市、鞋店、服装店、咖啡馆、花店、古董店、模具作坊、印刷车间（原始的铅字排版），当然，还有教堂，安静得像是只有落叶在里面飘的教堂。钟声响起，在 12 点，在下午 3 点。有一家卖旧货的小店，大都是五欧元，经常有人在里面挑拣。有一天，我在里面买了两只青花瓷的茶杯，看着像是民国的东西，10 欧元。巴黎人并没有新的就是好的这种观念，首先看是否要用，是否喜欢。旧货是巴黎物品的一个重要部分，大量的二手店，跳蚤市场就不用说了，一到星期六，就像决堤的塞纳河涌向各个街区，那些犹如自家床铺的摊子上的种种老物件，仿佛是自家曾祖母、外公、先严、故人、亡友、邻人的遗物，令来巴黎旅游的人常常忘记，这是他人之乡。

每天在阴暗的楼道里上下，总有头重脚轻的感觉。楼道里从下到上，有十道门，每层两道。一楼的房间是铺面，属于一家咖啡馆和一家时装店。楼道单独开了大门，与铺面隔绝，一进门就像进入洞穴，立即黑下来，必须开灯。楼道的顶部是通天的，但光只能微弱地到达第二层。从来遇不到人，你就是在这楼里住上一个世纪，那感觉也还是你一个人住在这里。有只猫住在楼道里，像个披着水貂皮的千金小姐，不知道是谁家的，我下楼时它总是在上楼，似乎要去看看我有没关门。楼道边的墙上开着窗子，其实窗子外面是另一面墙，打开并不能采光，更没有风景。但能够透些空气进来，这窗子给人外面是阴天或深陷在沼泽中的感觉。楼道里的房间天天都关着门，偶尔听得见里面有什么在地板上移动，就像森林里看不见的兽。有些门缝会露出一线温暖的微光，忍不住想去敲人家的门。一楼到三楼，楼道比较黑，到六楼就可以看见天空了，天光大亮，楼洞垂在深渊中。这种感觉就像在教堂里。楼道是忏悔室，从六楼下到一楼，从灿烂，到明亮，到微明，再到幽暗，足够你反省人生。楼顶和各个房间充满光辉，私人生活的天堂。回家的过程总是从黑暗到光明，当然，如果你热爱你的房间的话。建筑预设的是这个方向，如果你心情不好，那也可以从光明回到黑暗里，这些房间也掩护孤独。“他生来不得不成为一个乖僻的怪人，他不断地封闭自己，这使他越来越难于接近，最终滑入深深的孤独。”（瓦尔特·本雅明《波德莱尔：发达资本主义时代的抒情诗人》）孤独是需要房间的，在中国式的聚族而居的大院中，人无法孤独。孤：无父也。独：犬相得而斗也。羊为群，犬为独也。（《说文解字》）孤独是一种奋斗，积极进取，自我保护，自己依靠自己。

尊贵的气质情感才能孕育出对孤独的喜爱。无赖都是喜欢交际的……相比之下，一个人的高贵本性正好反映在这个人无法从与他人的交往中得到乐趣，他宁愿孤独一人，而无意与他人为伴……在这世上，除了极稀少的例外，我们其实只有两种选择：要么是孤独，要么就是庸俗……孤独是精神卓越之士的注定命运。（叔本华）

巴黎的房间，普遍有一种脱离世俗，将人引向精神领域的倾向，这是孤独者的乐园。串门这种事在这栋公寓里是不可想象的。它不像中国传统的居所，以和为贵，孤家寡人意味着穷途末路。我和我的朋友就是住进了宾馆，房间的门也有一阵子要大开着，以便彼此串门。人们总是设法从孤独回到群，回到亲，回到团结，回到社会。诗可群，“诗意地栖居”也在于被群接纳，不再孤独。群作为一种消磨时间的方式，叔本华深恶痛绝：

社交聚会要求人们做出牺牲，而一个人越具备独特的个性，那他就越难做出这样的牺牲……一个人在大自然的级别中所处的位置越高，那他就越孤独，这是根本的，同时也是必然的……社交聚会一旦变得人多势众，平庸就会把持统治的地位……它把那些我们不可能称道和喜爱的人提供给我们，同时，还不允许我们以自己的天性方式呈现本色……在泛泛和平庸的社交聚会中，人们对充满思想见识的谈话绝对深恶痛绝……取悦他人，就绝对有必要把自己变得平庸和狭窄。因此，我们为达到与他人相像、投契的目的就只能拒绝大部分的自我。（叔本华）

巴黎的房间基于自我，巴黎森林中有着星子一样密密麻麻的私人房间，这些房间的构造本身就基于对他者的拒绝，与中国传统建筑以群为基础不同，它守护的是个人自由而孤独的空间。如今，这种基于自我、拒绝他人的公寓正在中国如火如荼地被建造销售。搬进这种老死不相往来的小区，只有学会独处才能适应。叔本华意义上的孤独一词出现在汉语中，乃是现代的事。孤独不再是小资产阶级诗人的自怨自艾，“梳洗罢，独倚望江楼”，而是空间中的居住形式，无数钢筋水泥铸造的、规格一致的、彼此隔绝的居住单元令孤独不再是心情、感受、灵感的来源，而是坚硬冷漠的材料、空间。就像抑郁一词，从前这是一个神秘的形容词，郁郁寡欢，闷闷不乐，现在它成为一种生理现象，与“丙咪嗪”的逆转之类有关，必须用药物治疗。那种孤独者的互不干涉、互不来往的自由小区，在西方已经有上百年历史，人们早已适应。叔本华的理论很片面，人需要孤独，也需要群。巴黎为什么有那么多的咖啡馆，这是对孤独的缓解，人们在这里获得群的温暖。咖啡确实是一种可以缓释孤独的饮料，有时候，我下楼去，走进那家临街的咖啡馆，要上一杯，与那些语言不通的陌生人坐在一起，听着他们窃窃私语或者高谈阔论，仿佛我是个坐在角落里的秘密书记员，我确实听到了什么，我将在一首诗里记录。我并没被他们抛弃，他们在关心我，那些目光、手势，那些笑容，那些不小心碰到时的轻声抱歉，令我物我两忘，一个上午不知不觉就消磨掉了。

7

2011 年 10 月 13 日

置身异国他乡，许多情况需要适应。比如：卫生间漏水；开关失灵，要找到关紧它的那个已经移位的灵在哪里；厨房里没有圆底锅，也没有筷子、酱油、生抽、醋、草果、味精……更重要的是在日常生活上要学会分类。西方的器皿每一件都有看不见的直线、箭头指出的专业用途，这可不是一团乱麻，像在老家那样，道通为一，用一双筷子吃遍所有，面条、米粒、菜梗、花生米、蜂蜜、腐乳……就是粉末也可以用筷子撮。在这里，喝咖啡的杯子、喝水的杯子、喝果汁的杯子、喝牛奶的杯子、切肉的刀、切奶酪的刀、切面包的刀、舀汤的勺子、搅拌咖啡的勺子、吃甜食的勺子……都是不同的，而且各有其名，不是刀子、杯子、勺子就可以替代所有，THE 控制着一切。你当然可以乱来，你是中国人嘛，你不懂规矩。什么逻各斯中心主义，没那么复杂，这就是。我以前在法兰克福一位德国教授家里小住，他甚至对我在面包上抹果酱后，接着抹花生酱，再抹巧克力酱、黄油、蜂蜜……大为惊骇。你不能乱抹。如果在咖啡馆里的话，你的活动范围仅限于你桌子上那张约 40 厘米 × 40 厘米方形餐巾纸的范围，这可不是仅仅为了好看。你越位的话，大家也不会说什么，只是你的德行也就被人暗中起疑了，这位先生至少不是一位绅士。巴黎的规则，不像在德国那样令人窒息。巴黎完成着一种对这些启蒙时代建立的制约人性的契约的深度解构，将其文化，软化，成为风度。那个可怕的洗衣机外面印着法语，标识着各种符号、数字，就像一张施工图边上的表格。我总是搞不清楚要怎么弄，有时候它突然转起来，有时候又打不开，把我着急穿的衣服关在滚筒里。不小心按了某个纽，它就开始加热，魔术般地将我的毛衣变短了一大截。总担心窗子没有关好，每次出门都要关一批窗子，总是要忘记某一扇。我日夜期待着一个小偷，判断他会从哪个窗子潜入，但他像一首被过度处理的诗中的神那样，没有来过。

8

2011年10月18日

野兔的房子濒临四条大街，主卧的窗子外面有一条，边上是灰蒙蒙的。小客厅和客房的窗子外面可以看到两条，热闹，肤浅，总是在兴风作浪，摩托车在轰鸣中飞驰而去，咖啡店人满为患。厨房外面是另一条，看不见街道，只看得见对面的窗子，总是关着，拉着窗帘，在阳台上摆着几只花盆，花已经干掉了。街道上一般是没有人的，只有路灯的影子。最近，时常能看见有人睡在街道上，有时候是一家子，盖着一床被窝，露出几颗天塌下来也无所谓的头来，天真无邪，“家在山那边”。被子外面支了个鞋盒，过路的人有时候会朝里面扔几个硬币。这些露宿的人并不固定，睡两天就不见了。下次来的是一对情侣，然后是黑人、东欧人、阿拉伯人……过几天都走了，新人又占了那个地方。这是两条街的交叉口，睡在这里，容易要到钱。十几年前我第一次来巴黎，大街上可没有这么多露宿的人，街道很干净，没有那么多垃圾。现在，经常看见人行道上卷起来的临时铺盖，人不知道跑到哪里去了。他们像鸟一样，都会选择相似的地点做窝，比如路边的长椅、台阶、地下室的天窗……有时候，那些长椅都被占领了，占领者的包袱卷成一团，缩在椅子的一侧。

旅游之都遮蔽了老巴黎，人们潮水般地涌向卢浮宫、巴黎圣母院……老巴黎步步退却，退到那些僻静的、没什么看头的平庸街区。这些街区才是巴黎真正的大陆，生活被上了发条似的，嘀嘀嗒嗒，按部就班，慢条斯理地进行着。19 世纪结束了，20 世纪也过去了，生活并没有结束，某扇大门的门面换了新材料，但某种古老的气息依然在空间中弥漫着。人们依然要穿过街区去买长棍面包，面包的香味像守门人一样打着盹儿，似乎是从街墙的岩石里传出来的。每一栋房子都坚固无比，岩石磊磊，倒是木质大门和窗棂已经朽坏了许多。野兔告诉我，在昔日，这些高大的门是马车可以直接驶进去的。喏，左拉就住在那里。那些伟大的稿纸，它们已经不在这儿。散步的时候，野兔指出一栋房子，里面以前住着一位诗人，他在法国大革命中被枪杀，他家的窗台下镶着一块铜牌。有一天，我发现了乔伊斯在巴黎的住所，也是一个牌子指示的，已看不见乔伊斯的丝毫痕迹，那些曾经作法驱魔的稿纸早已不在这里。但是那些习惯没有改变，某家将一条发潮的被子放在阳台上晒太阳。我不知道那些提着塑料袋缓缓走过街区的老头是不是高老头的后裔，但如果要描写他们的外表、走路的姿势的话，还是得用巴尔扎克那种笔法。是的，时间不同了，但人们并没有变成妖怪。卖奶酪和苹果的依然是那些人，有些人来到世上，就只是为了给这个世界带来奶酪。巴黎看上去非常本分，大多数人都在做他们想做的事情、会做的事情。就是当一个乞丐，你也要本分，巴黎的乞丐相当专业，他们低着头，蹲着，鞋子前面摆着个纸牌：我失业了，请帮助我。在巴黎，赚钱是次要的，不流行什么赚钱干什么，只要够体面地活下去，活得自在，就可以干一辈子。许多面容苍老的人在做着那些古老的事，裁缝、做鞋、做面包、卖肉、开花店、摆书摊……每条街都慢吞吞的。

这些房子的基本材料主要是石头，非常坚固。普通住房的石头少些，主要是在基础部分，还有砖块、木料和金属；如果是教堂的话，基本上都是石头建造。这种建筑材料的选择意味着一种世界观，石头是永恒的象征，永恒是一种关于永恒的观念，永垂不朽的石头将永恒这个观念物化。而在中国，建筑用的是易变易朽的泥巴、草叶、木材。在这种选择里面，永恒是一种易的状态，永恒就是当下的生活世界，逝者如斯才是永恒呈现的形式。永恒并非不变，而是变易中的不变。生生之谓易，这就是永恒，永恒就是自然的四季轮回、生老病死。生命就是找死，建筑也是向死而生。永远不死，永垂不朽只是一种观念。泥巴、草叶、木头是会变化、崩溃、腐朽的，这不可怕，生生之谓易。重要的不是什么材料，而是它是否生生。生生才是永恒，生生就是易，不死则不生，不无就不会有，有无相生才是永恒。永恒是当下的永恒，不是未来的永恒，永恒就是实现。**20**世纪，人类广泛应用的新的建筑材料，玻璃、合金、塑料之类，它们不会死亡，这才是可怕的，这是永恒的假象。

通过这些貌似更为耐久的材料，来支持永恒的观念，但对于历史来说，这种永恒只是时段性的。不变时间可能稍长，石头比木头长，合金、玻璃、塑料比石头更长，但它们依然是时段性的。永恒如果不在易中，就只是观念，永远不会达到。

这些房间像迷宫一样，有的房间隐着，不易发现。也许并非隐蔽，而是对于在中国式的居住环境中住惯的人来说，那不是一个会出现房间的地方。开窗大约是法国建筑很重要的一环，与中国房子只朝院子内部开窗不同，法国的房间一定要和外部联系，仿佛是为了可以随时逃走。西方电影里经常有破窗一跳的镜头，这一幕在中国传统建筑里是不可能发生的，人们只是跳到井里去。楼道中间那个旋转而上的桃花心木楼梯，是这群房子的核心，打开门进家，来到目的地，却来到了世界的表面。核心是空的，本质的东西在表面，这似乎是一种哲学的方式，表面概念堆积，核心却是虚无。对面的楼房也一样，看得见那家的人在窗子后面活动，站在餐桌前收拾，从卧室走到客厅，环绕着一个桃花心木的旋转楼梯……这个家给我的感觉不是进入到一个密封的内部，而是从内部出去，进入一个分割在各条界限中让世界看到自己而又不可侵犯的空间，就像在孙悟空为唐僧画的那个圈。各个房间的光线不同，明暗交替，总感觉幽灵出没，那些叫作高老头、贝姨的人物就穿着睡衣在各个房间里无形地游荡，恍惚看见雨果在写诗，握着鹅毛笔，满室飘着稿纸。

我隔壁这家，门口总是放着个蓝色的垃圾筒，我不知道有没有人在里面住，偶尔能听见些无法判断的、似是而非的声音，就像用听诊器听到的那样，世界可疑的肺叶。只有出事——凶杀、失火或者什么反常的事件，才能将人们从掩体里赶出来。人们就是偶尔遇见，也不可能发生交流，楼道狭窄而险峻，你得赶快腾路，到了一楼，开门就汇入街道上光辉的、滚滚的人流，马上被卷走。我仅仅遇到过一个人，睡在一楼门厅的可以移动的垃圾桶后面，用一条旧毯子裹着身子，只露出一双脏鞋，运动鞋，湿漉漉的鞋带垂到地上，脚边放着一只空口缸，大约是流浪汉，不知道是怎么进来的，开锁是流浪汉的看家本领，第二天这个人就不见了。

小偷潜入一个房间是很自然的事，就像盐巴，这个世界怎么能没有小偷呢？那么多窗子，那么多木门（只靠一把老掉牙的铜锁），那么多阳台，那么多后院，那么多花园，那么多柜子、洞穴、保险柜、首饰盒……这些房间有一种哲学式的深度，它们的设计是基于平等，而不像中国传统建筑那样是基于尊卑贵贱、内外有别。不仅仅设计得安全舒适，也设计出神秘感、被盗的期待、被窥视的担心、孤独、梦魇、居高俯瞰世界、自杀的诱惑、囚禁感、抑郁症的契机、下楼重返人间世的犹豫不决、上楼时忏悔般的沉思、回到私人城堡的归属感、独享一隅的喜悦、无数的暗屉……是的，每次气喘吁吁地上到自家门前，开门进去，咔嗒一声锁妥，再将做得非常精致的黄铜门扣搭好，内心的石头落地，就像肩头上扛着的一袋子大米重重地搁在厨房地板上。先去喝口水吧。巴黎人很少喝矿泉水，自来水管的水可以随便喝，远古的水并没有在房间里中断或变质。阳台上可以看得见天空和远处教堂的尖顶，在光的分派下，基调都是法国黄的房子一条街与一条街色调不同，仿佛经过某位大师的调色，这一条是柠檬黄，那一条蛋黄，另一条鹅黄，再一条米黄……都蒙着一层雾般的包浆，这个窗子外面的街是阴郁的灰白色，像是抑郁症患者，另一个窗子外面的街是乳黄色，像是一排奶酪。

我就像一个突然长大的儿童住在一个刚刚搬进去的房子里，好奇、紧张地适应着那些窗子、房间，调整着过去的经验，准备着孤独。孤独本来就是身体性的，每个人离开母体来到世上，就被抛进了孤独，人此后的任务是与世界建立联系，语言就是与世界建立关系。孤独意味着一种精神状况，精神的自我独立。语言一旦成为陈词滥调，孤独又会回来，孤独意味着对陈词滥调的拒绝。人自己在精神上隔断与世界的世俗关系，进入一种超凡入圣的状态，语言的解放也意味着身体的孤独、封闭。孤独是一种语言的疏离状态，一种对陈词滥调的恶心。在异乡巴黎，我失去了乡音，也失去了陈词滥调，我像一头野兽走出观念、习见的森林，开始用我的身体，用我的感官与这个城市说话，这是一种诱人的孤独感，我在众人的轻车熟路中陷入迷途，什么都不知道，盲人摸象。但是我什么都知道，巴黎这头大象早已迈入世界原野，就像非洲荒野上的那些庞然大物，在任何地方都可以看到它们站在世界之雾中，沉默，缓慢，巍峨而臃肿。语言的丧失指引我以另一种方式进入这头大象里面，背着一个背包，挎着一壶自来水。这个巴黎是沉默的，像一群已经失去了实用性的老古董被遗产继承者收藏着，巴黎自己收藏着自己。任何人都可以继承巴黎这笔遗产，只要你足够忧郁。只有在巴黎，你才感觉得到“巴黎的忧郁”，波德莱尔这句诗不是形容，巴黎是一种在场的忧郁。巴黎除了世界大城邦通常都具备的那种巨大实体之外，它还有一个巨大的精神空间，这种空间被波德莱尔命名为“忧郁”。是的，街头漫游的时候，会听到这头忧郁的大象若有若无的低语，从那些巴洛克建筑的圆柱后面传出来，从大教堂的柱廊里传出来，从深夜的一杯咖啡里传出来……“我就是那头忧郁的大象……我就是那头大象……”从巴尔扎克、雨果、左拉、波德莱尔的字里行间或者夏尔丹、马奈、柯罗的笔触里传出来，从一块奶酪的酸臭味里传出来，那种味道仿佛来自一个叫作乳房的厨房，来自布洛涅森林，有个夏天我们在森林中的湖上划船，岸上坐着一堆堆的人，他们在享用马奈画过的那种“草地上的午餐”，马奈早已死了，这场午餐还没有结束。

哦　巴黎　你的小偷是一个藏在败屋后面的花园
在那里　谁失去了爱情　手表和傲慢
遗物招领处　在倒塌的长椅上　闪着微光
——2018 年 3 月 17 日

9

2017年5月24日

老巴黎依然住着的这种居民：

这个朋友原是个跑生意的，名叫戈迪萨尔，从前为博比诺大商行的兴旺出过大力。博比诺虽然封了伯爵，做了贵族院议员，又当了两任部长，可丝毫也没有忘了杰出的戈迪萨尔。不仅没有忘了他，博比诺还要让这个跑生意的添上新的衣装，让他的钱袋也鼓起来；因为政治也好，平民宫廷的虚荣也罢，倒没有让这位老药品杂货商的心变坏。戈迪萨尔是个见了女人发狂的家伙，他求博比诺把当时一家破产的戏院特许给他，大臣把戏院给了他，同时还注意给他派了几位老风流，他们都相当有钱，足以合伙办一家实力强大的戏院，可他们迷的是紧身演出服遮掩的东西。邦斯是博比诺府上的食客，便成了那家许出去的戏院的陪嫁。

戈迪萨尔公司果真发了财，到了1834年，还想在大街上实现宏图大略：建一座大众歌剧院。芭蕾舞剧和幻梦剧有音乐，这也就需要一个勉强过得去，并且能作点曲子的乐队指挥。（巴尔扎克《邦斯舅舅》）

在《巴黎－巴黎人》这本书披露的一份表格中，可以看到，在**19**世纪末，巴黎住着这些人：

路易斯·阿博马，作品有《海边的女人》《春》《悬崖》，善画扇形装饰画，艺术作品别出心裁。

阿芒－让，作品有《威尼斯》《孔雀夫人》等，善作肖像画，写诗，有学者笔法，极富魅力。

让·贝卢，作品有《辩论的拟定》《耶稣受难像》《狂欢结束》，为巴黎名人画像，画面优美、准确且富有巴黎风味，在公众中有很大影响。

贝斯纳，市政厅天花板装饰画作者、《黄衣女郎》的作者，曾为巴黎医药学校和巴黎大学作装饰画，构图及色彩均有力而大胆，非常现代。

勒内·毕罗特，出色的巴黎画家，为该城增添了特殊气氛和色彩。

雅克·布朗什，老布朗什医生的儿子，为上流社会女士及作家们画肖像（亨利·德·雷米埃、莫里斯·巴莱斯、替多尔·德·维兹瓦等），画风受本世纪初英国画家影响，技巧娴熟，有时以J–E.怀特为名发表文艺批评文章。

波迪尼，有女性俏丽、生动的形象。水粉画家，曾为琼·列维斯·布朗及于利札黑夫人画像。作品有《穿黑袜的小姑娘》，在各类国际画展中均很出名。

罗莎·博纳尔（荣誉军团指挥官），他总爱全副武装，身着骑士装，当然是经过警察特准的。善画牛，画马。在他的花园里有一兽笼，其中有狮、虎等，他最好的画现存美国。

皮埃尔·博纳尔，变形画家，是年轻一代最引人注目的画家之一。其作品构图均有阿拉伯式图案。

列昂·博纳，专为名人画像，画风稳重。

维廉·布格洛，善作寓意画，以宗教画为主，画风矫情而冷漠，为卢浮宫拱顶作装饰画、肖像画，多表现上流社会、富贵人家。

卡罗鲁·杜朗，画坛高手、剑术高手，还是吉他高手。

欧也尼·卡里埃尔，善画母爱图、都德和龚古尔戏剧人物像。喜欢把人物肖像朦胧化，其造型起伏，表情惟妙惟肖，在艺术上无懈可击。

玛丽·加赛特，定居巴黎的美国画家，德加的学生。

卡赞，作品有《夜色》等，善画各种风景及人像，有装饰才能和诗人气质。

夏特朗，著名肖像画家，曾画过《神甫》《加尔诺》等，画风精致而多产，在美国非常有名。

拉斐尔·科兰，代表作有《花月》《夏》《海边的女人》。巴黎大学装饰画家，画风雄健有力，色彩华丽。

…………

这份表格达**10**页之多。

巴黎的黎明，一万个房间拉着窗帘在做爱。

黑色的铸铁栏杆渗出水珠或者泪珠来，气候导致事物的表面被改变，事物被自然赋予它并不具备的感觉，指鹿为马，仿佛这是一种隐蔽在铸铁内部多年的哀伤，它活着，泪流满面，在此刻。夏天有人在这儿靠着看过街景。现在是秋天了，下雨，风冷。那时候还是胶片时代，这张底片经过黑暗和水才诞生，仿佛是巴黎自己显影

忧郁的窗子。同一房间，光不同。那边是明朗快乐的，这里患着油画般的忧郁症，郁积。这是厨房的窗子

我住在这条街上一家19世纪开业的旅馆里，对面是私家住宅。旅馆阳台上支着一张小圆桌，有时候我坐在这里喝一杯咖啡。那边就像森林一样，有时候某个动物会走出来打个电话

巴黎的建筑仿佛是为光设计的。光来到巴黎，成为音乐，大提琴、小提琴、钢琴、黑管、手风琴……这是一只圆号

我坐在旅馆的阳台上喝茶，对面出现了一只猫，看不清楚它的样子

巴黎之光，在博勒佩尔街六楼的一个房间所见

巴黎之光，在某条街上

巴黎之光，早晨8点

巴黎之光，早晨 8 点半

巴黎之光，早晨 8 点 45 分

巴黎之光，早晨 9 点 12 分

巴黎之光，那只狗不关心朝晖

巴黎之光并不只来自自然光

被母亲紧紧牵着的小姑娘

每天，我沿着这个楼梯上到六楼。那些窗子外面是另一栋房子的墙，有一条缝通向风暴

某条街出现了几分钟的画面，然后，树叶被带走了，光也逝去

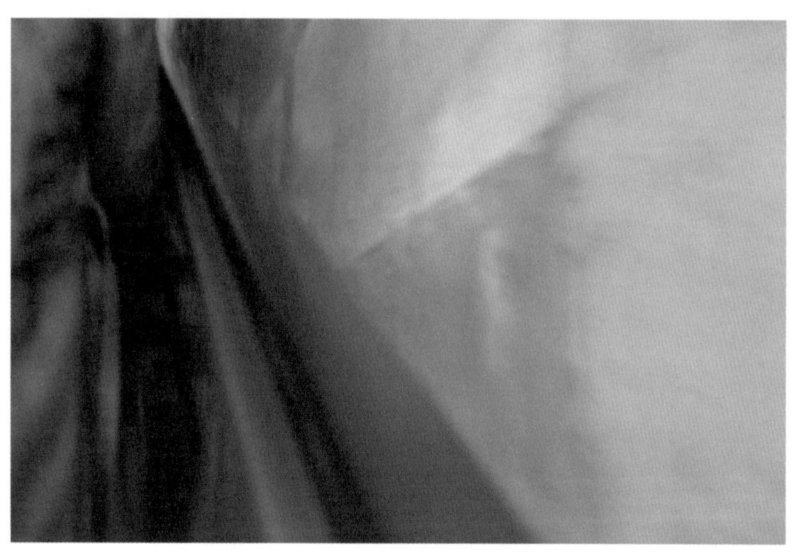

地铁电梯驶向出口的途中

10

1941 年 10 月 5 日

图片显示，那些纳粹党人穿过凯旋门后，都松了，成了巴黎人，他们去圣日耳曼大街喝咖啡，站在卢浮宫里毕恭毕敬，跳到塞纳河里游泳。

11

2016年12月9日

巴黎充满细节，细节是世界意义的基础。随便扫一眼某条墙缝，里面都堆积着百年前凝固的灰尘或者某种苔藓、微生物，就像一个巨大的老古玩店。好玩的地方，好在的地方，耐得端详、品味、长住。这个世界好玩的地方越来越少了，千篇一律，同质化。巴黎过去好玩，现在还是。维新已经成为普遍的世界观，新的就是好的，这种观念已经潜入教科书、广告、电视、工程、预算，以及各种各样的文化事业。蓝图、计划、政治纲领……旧世界被视为维新的障碍，尤其在那些传统深厚的地方，自卑日益严重，新文化意味着新世界、新空间、新资本、新玩意儿……自从工业革命以来，人类充满魅力、细节、巫性的，无法无天的旧世界已经一天天被标准化、同质化消灭得差不多了。落后、贫困、封闭、穷途末路、脏乱差之类的定位妖魔化着旧世界。人们已然遗忘，那是一个诞生了雨果、曹雪芹、托尔斯泰、巴尔扎克、王维、白居易、李白、苏轼、乔伊斯、普鲁斯特……的世界。虽然诺贝尔文学奖逐年颁发，但旧世界诞生过的那种大师越来越罕见了，这是明星的时代，他们闪亮登场，转瞬即逝。手机兴起后，我在许多地方旅行，看见那些10年或者15年前安装在街头的电话亭，在印度、墨西哥、美国的小镇，在昆明街头……一台台都废弃了。但是维新消灭不了巴黎，维新的洪流浩浩荡荡，但是它绕过了巴黎这块暗礁，奈何不得这块古典的顽石，塞纳河依然奔流着波德莱尔、阿波利奈尔们的水。巴黎是生活世界的经典，它早已超越了旧世界的边界，像古希腊那样成为永恒的典范。

12

2014 年 9 月 18 日

人生来都是井底之蛙，旅行可以让你跳脱出你与生俱来的被上帝抛入的那口井，进入世界，穿越各种边界，将空间和空间进行比较，然后在时间中思索它们的位置、含义、道理，从中获得启示，重新审视自己的生活，你或许因此知道你到底是谁。你身为你自己，就必然知道自己是谁吗？不一定。

> 他随身带了 70 美元和 500 法郎，一只黑色皮箱，里面装着六张护照照片，一张 X 光片和健康证明，一只琥珀杆烟斗，一只破碎的眼镜盒里装着眼镜，一只磨损的镍链金怀表，巴黎颁发的身份证……（伊斯特·莱斯利《本雅明》）

1940 年 **9** 月 **26** 日，本雅明在比利牛斯山的一个边境小镇发现自己一生其实是一个难民，他自杀了。你生在汉语中，你的前世是一个哥伦比亚人。有一天，作家加西亚·马尔克斯用汉语对我说，他出生在哥伦比亚的阿拉卡塔卡。那时我正在波哥大的一个酒吧里读他的小说《没有人给他写信的上校》，汉语版，前面的作者简介里提到了他的井——阿拉卡塔卡。过了两年，我在巴黎住在一家小旅馆里，诗人欧阳江河告诉我，马尔克斯就曾住在这家旅馆的顶楼。那时楼底下的一个锁着的玻璃门外面有一个台阶，上面睡着一个年轻的家伙，矮个子，整日卧佛般躺在乱糟糟的被褥、刀子、酒瓶、纸盒和一条狗中间，最外头支着一个纸盒。他一直住着，直到我结账离开了旅馆，他还住在那儿，只是人不在，被褥卷了起来，下面露出几张报纸。一天，马尔克斯看见海明威夫妇在圣米歇尔大街散步。马尔克斯心血来潮，停在街对面的人行道上，两手卷成喇叭喊了一声："大师——"海明威转身挥挥手，回答："朋友，再见——"后来，我和欧阳江河穿过圣米歇尔大街，在街面上的一家二手店，一人买了一件减价的、全新的亚麻布衬衣，他买了浅灰色的，我买了深灰色的。

我像一个流浪汉漫无目的地瞎逛，跟着无数的流浪汉，"白天在国家图书馆看书，晚上则在圣吉纳维芙图书馆，我常去巴黎圣母院或圣杰曼·奥克塞卢瓦做晚祷"……（乔伊斯《尤利西斯自述》）在巴黎，流浪汉并不是形单影只的另类，而是洪流。这股洪流从黎明到黑夜，涌向塞纳河，涌向地铁，涌向卢浮宫和蓬皮杜，涌向巴黎圣母院和莎士比亚书店……

> 乔伊斯专心致志于两项事情，一是完成《尤利西斯》的创作，一是寻求支持将其出版……1920年7月11日，刚刚抵达巴黎第三天，乔伊斯与希尔维娅·比奇的相识

最终解决了问题。比奇小姐是美国人，1921 年 4 月，她羞怯地提议，以她巴黎的莎士比亚书店公司的名义，由她来出版《尤利西斯》，乔伊斯马上同意了。（乔伊斯《尤利西斯自述》）

13

2017年3月12日

早先，在奥斯曼改造巴黎之前，巴黎就是一个城中村。人们依顺“像鬼火一般的不可捉摸的自然法”（登特列夫），根据先来后到、智慧的层次、资金的多寡、宗教、文化、商业、娱乐、道德、癖好、方言、人缘、秘方、特长、特产、礼貌、尊卑等等鬼才知道的潜规则建造了巴黎。这里为什么有一座教堂，那里为什么是个花园；这儿为什么是另一座教堂，那儿为什么是男爵的领地；这边为什么是菜市场，那边为什么有座桥；这条街为什么朝南，那条巷子为什么又不通……不为什么，就是这样。这些“为什么”或许当初都有理由，或是随波逐流，或是老谋深算，或是可以安身立命。总之，人们约定俗成，要这样生活，各行其是的“要这样生活”都基于巴黎是一个可以生活的地方。人们顺应着巴黎的地理、地势、洼地、高地、腹地、险地、封地、禁地、飞地、地气、气魄、气势、气象、生气、俗气、豪气、景气、老气……随地，就地建造，虽然各行其是，但是巴黎人对生活刻骨铭心的爱，却也营造出一种整体上浑然一体的巴黎，巴黎像一个人那样有自己的五脏六腑、七情六欲，不是靠合理与否，而是靠一种混沌不明的气脉贯通。巴黎不是暴力的产物，而是生活的特产，巴黎并没有被某种统一意志规划过。曲径通幽，蔓延无际，只有老巴黎才知道其中的奥妙之处，巴黎是他们身体的延伸，或者说他们是巴黎身上的一个个细胞，只有这些细胞才知道心脏在哪，血栓在哪，从肾叶到肝脏要怎么拐弯。我在塞纳河左岸那些迷宫般的巷道里乱走，语言不通，无法问路，走到迷路，走到天黑，叫个出租车，掏出个小纸片给司机看，让他送我回住处。那些小巷莫测高深，人们原有的城市经验往往会失效，你永远不知道那些小巷子里藏着什么。你以为那只是一家家住户，却在尽头或者拐弯处发现一家咖啡馆，或是一个小酒店、一家书店、一个小博物馆，一个二手店，甚至是一家只挂着七八件衣服的服装店，衣服就是那位店员自己的作品，每种只有一件，他竟然在这种地方卖衣服，真是酒好不怕巷子深咧！一家古董店，开在奥德翁剧院后面的一条小路上，大白天亮着灯，就像一间停尸房。推门进去，发现内部是深蓝色的，就像一条鱼被照亮的内部，骨骼林立在海水中。

巴黎的下水道也没怎么规划过，巷道里经常污水横流，垃圾成堆，老鼠提着短裤在坑洼之间的小片高地上奔跑，有时候还要暴发瘟疫，死一批人。这是各行其是、各显神通、各为其政、各安其分的报应。有人认为，**1848** 年后，巴黎几乎变得不适合人居住了。巴黎还是一个令人窒息的熟人社会："在巴黎，路石长耳朵，大门长舌头，连窗户的铁栏都长着眼睛，所以在大门口谈话，是再危险不过的事了。"（《邦斯舅舅》）**1848** 年，

波德莱尔已经 **27** 岁，**1855** 年，他发表了《恶之花》，正是那个被奥斯曼抛弃的旧巴黎为法国造就了伟大的诗人。**1848** 年，左拉才 **8** 岁，这并没有妨碍左拉成为伟大的作家。所以说，什么是好在，什么是不好在，很难说，如果这个地方会诞生或者召唤烤面包的、酿酒的、陪酒的、酒徒、诗人、画师、摄影师、手艺人、舞者、歌手、园丁、教师、鞋匠、裁缝、情侣、驼背人、敲钟人、肉贩、鱼贩、绣娘、侍者、大夫、巫师、妓女、骗子、小偷、小丑、醉汉、流浪汉、闲人……那么就一定好在，比如古中国的长安、开封。正装革履、患着洁癖的地方一定最难在，比如医院、监狱（还有比监狱更干净的地方吗？）。

14

2017年6月4日

“铁路网的不断扩张……促进了交通和城市人口的增长，人们挤满了狭窄、肮脏、弯曲的旧街道。人们挤在一起，因为他们别无选择。”（迪康）**1853**年，乔治-欧仁·奥斯曼被拿破仑三世任命为塞纳省行政长官，开始对巴黎实施一个“战略性美化工程”。战略是第一的，美化其次。在世界历史上，也许除了古希腊、古中国的城市，统治者很少会站在美的立场上建造城市。奥斯曼将美放在第二位已经是相当罕见的了。“奥斯曼的计划实际上是一种净化行动，他试图通过种种干预手段将下层阶级、工人、外来移民赶出巴黎城区，铲除贫民窟，只把精品业者、中产阶级以及上层阶级留在巴黎。”（杜玥甡）瓦尔特·本雅明指出：“奥斯曼计划的真正目的是确保这个城市能够免于内战。他希望使巴黎永远不可能再修筑街垒。”奥斯曼的世界观来自拿破仑主义。“我最爱海浪，因为它蕴藏着无比的威力，可以吞掉无数细小的沙粒，可以用柔软的唇吻碎坚硬的岩石。我就要做那样的海浪，把世界踏在脚下。”“勇往直前，有进无退。”（拿破仑）

奥斯曼的美化是象征性的，如果城市是某种人类的衣服的话，那么奥斯曼眼中的美并不在于这件新衣服是否得体，设身处地为人着想，体恤人，体谅人，体贴人。为人着想，人是哪一个？巴黎那么多居民；体谅人，体谅谁？为谁设身处地？古代的智慧是顺其自然，自然教人随遇而安，各得其所。奥斯曼要前进，要进步，顺其自然太慢了，那得多少个世纪，教化，觉悟……太慢了。奥斯曼的新巴黎主要是一些大词：新时代、宽阔、壮丽、条条大道通罗马（直线的）、无往不胜、朝气蓬勃、青春、光明……对老巴黎的改造是一场战争，旧城被拆掉了大约三分之二，大批居民流离失所，巴黎圣母院所在的西堤岛上，那些中世纪的房子被夷为平地，巴黎圣母院从此鹤立鸡群，脱离了它天职中要庇护的那些狗窝。圣母院周边停满旅游大巴，雨果的驼背人不知去向。维克多·雨果对此深恶痛绝，当时他流亡国外，有人问他是否想念巴黎。“巴黎是个理念，”雨果说，“里沃利街，我一直很讨厌里沃利街。”里沃利街就是一条宽阔的直线，奥斯曼改造的笔直新大道之一。

15

2018 年 2 月 9 日

巴黎街道某处的墙壁上，镶嵌着一把铜尺子。法国大革命时期，国民公会为了统一民间传统的那些混乱的、长短不一的尺子，给米达尺规定了统一的长度，并将这个长度永久地镶嵌在墙上。秦始皇时代也一样，统一度量衡。革命是暴动，但暴动的目的是要规定一把尺子，根据得胜者的意志。

16

2017年6月9日

幸好，老巴黎不是胜利者意志的产物，它更像是失败者们一再拖延、磨蹭、修改、涂抹、偷工减料的结果。老巴黎是弯弯曲曲的，改造它的战争很惨烈，可以想象一卷线团如何被一根根剪断，拉直。最激烈的时候，居民甚至开展巷战抵抗。在**1871**年的巴黎公社工人反抗事件中，工人在奥斯曼的大道上重新筑立街垒。**19**世纪晚期的巴黎已经是自由主义、人道主义、法律和私人的城市。

> 由于左岸的土地所有权形式不只包括贵族大地主，还包括将土地和房产作为生产资料的零售商和手工业者，因而在左岸推行计划阻力重重；与此相反，右岸聚集的是商人和地主，他们发现奥斯曼的拆迁征地可以将房地产转变为一种投机的工具，在被更新的大道旁的房产价格会得到飞跃性的提升，因此他们不只愿意接受改变，还会主动地进行推广与计划工作。（杜玥甡）

奥斯曼其实有着相当浓厚的马基雅维利气质。他胸怀野心，醉心权力，并且热情投入（他对公职有着非常特殊的看法），准备以长期的努力来实现自己的目标。奥斯曼获得路易·拿破仑的直接授权，因而拥有破格的个人权柄，而他也准备淋漓尽致地发挥。奥斯曼精力充沛，组织力强，一丝不苟，不过他向来轻视别人的意见，甚至反抗权威（即便是皇帝的命令），游走于法律边缘……一意孤行，完全无视民意……简言之，奥斯曼是倾向专制的波拿巴主义者，他不仅成功地在政界存活下来，而且还大放异彩。然而当波拿巴主义于19世纪60年代逐渐屈居自由主义之下时，奥斯曼也开始失势，最后于1870年1月以牺牲者的姿态遭到免职。（大卫·哈维《巴黎城记》）

法国大革命是专制的，但是这种专制是为了使人们获得自由平等，革命带来的不是奴役，而是将自由、平等、博爱以一种强力注入了巴黎人的血液。就是一个奥斯曼之类的马基雅维利主义者也不例外，他的拆迁也是为着自由、博爱、平等这些巴黎的价值观。奥斯曼的拆迁并未引起人们美学上的普遍恶心，人们喜欢这里，讨厌那里，波德莱尔在一首诗里面说：“唉！城市面貌改变的速度竟快过人心。”他揶揄的是那些怀旧者。

17

2017 年 6 月 4 日

俗话说：金窝银窝不如自己的狗窝。世界上大部分人其实仅仅为自己的“狗窝”活着。“狗窝”只要好在，不影响到邻居，怎么都行，私人生活的后现代，私人生活的细节作坊。世界热衷于拆迁，规划各种直线、通用标准、红绿灯、守则、使用说明……但它永远无法干涉你是赤脚还是穿着糊着泥巴滴着脏水的臭鞋直奔卧室。狗窝永远是一团乱麻，各式各样的乱麻，捍卫着人类最原始的非理性、不确定。这种私人生活的非理性力量与祛魅、同质化的世界运动同样强大，否则，经过持续数世纪之久的消灭“脏乱差”的“卫生运动”，世界早就成为一个有条不紊、一尘不染的住院部了，这是《动物庄园》的理想，但是看起来要全面实现依然遥遥无期。世界的丰富、无序、不确定、变数、复杂、魅力、好玩、善与恶、罪与罚、阴与阳、有无相生、光明与黑暗……它的不讲道理、无法捉摸，令人类死去活来、出神入化、销魂夺魄，这全赖无边无际的蜂巢般的“狗窝”的存在。世界总是向往着金光灿烂、黑暗隐遁的金窝。金窝是一种理想主义的模式，而不是生活世界的自然生长。一个狗窝只有一种设计，金窝却要将所有的狗窝设计成一种模式。20 世纪以来，总是有许多自以为是“比你较为神圣”

的先知要为人类设计永远摆脱“狗窝”的同质化的金窝。金窝没有细节，没有时间，没有历史，缺乏经验，陨石般从天而降，倒霉的人类只有牺牲自己的生活去适应它，也许终其一生都无法适应。人已经被他自己的旧日子腌渍过了，要适应新生活，他得去掉那些盐，可惜上帝没有提供祛除盐的办法，时间是无法祛除的，它不像空间那样有一辆推土机或者坦克就行。细节意味着诗意，人生活在细节中，完全没有细节的地方就是牢房。细节的死亡导致生活世界的同质化，意味着诗意、时间的泯灭。时间是细节之母，没有时间，也就没有生长，没有变化，没有元亨利贞，没有生生之谓易，世界不易，铁板一块。同质化有利于乔治·奥威尔在《动物庄园》里描述过的那种统治，这种统治的基础正在于对细节的消灭。“文革”就是一场消灭细节的运动，摧毁了多少细节哪！再过**10**年，人们或许连葬礼都遗忘了。人向死而生，“找死”是一件大事，找死意味着如何消磨这一大把上帝给你的时间。古代社会创造了各式各样消磨时间的方式，劳动是一种普遍的方式，但是劳动如果仅仅是为了吃饱，那么就不是在消磨时间，而是在忍受时间。消磨时间在于细节的丰富，丰富的、充满细节创造的劳动和单调的重复劳动大相径庭。中国早就明白这一点，画栋雕梁无助于房屋的实用，但是它滋生出细节，可以消磨时间。一根雕满花鸟虫鱼的梁子使材料不再冷漠，不再枯燥，无论做工，还是居住都因无用的细节而升华，时间只在细节中逗留，细节导致意义。细节的死亡，令生活不再生出意义，乏味、无聊、空虚由此而生。文学是对细节的记忆，我们时代文学的危机正是由于细节的日益萎缩、泯灭。金窝没有细节，人类对之毫无经验，人类只是在观念上向往之，憧憬之，人类的欲望总是向往“更某某的”。金窝暗示着未来、高档、进步、升级换代……就像入住五星级宾馆一样，五星级宾馆的乏味在于它只是一个腰包里货币多寡的隐喻而没有细节，每个房间都是一样的。甫一入住，空虚油然而生，人们其实永远不知道五星级宾馆要怎么住，他们没有也无法积累出住五星级宾馆的经验，积累出这种经验，成本太高了，永远只是少数人的特权。某个城管部门创造的那个词——“脏乱差”，就是要消灭细节。细节是时间的产物，它无法像五星级宾馆的马桶那样，一瓶洗涤液就搞得干干净净。消灭细节的运动永远是暴力的、血淋淋的，是削足适履，而且就长远来说，它必然失败。因为只有充满细节的私家“狗窝”才是生活的常态、在场、庇护者。世界的“狗窝”总是不自觉地通过日复一日滋生着的生活细节抵抗着同质化，生命在细节的滋生中充实。那些庸人、常人，也许像汉娜·阿伦特指责的那样一无是处（“现在我的看法是恶绝不是根本的东西，只是一种单纯的极端的东西，并不具有恶魔那种很深的维度，这就是我真正的观点。……‘恶是不曾思考过的东西’。为什么这么说，思考要达到某一深度，逼近其根源。何况，涉及恶的瞬间，因为那里什么也没有，带来思考的挫折，这就是

‘恶的平庸’。只有善才有深度，才是本质的”)，从来不会为世界历史贡献一点意义，是的，他们不思考，但他们动手，他们创造细节，细节就是善意，细节总是在“生生”，意义只有在细节的沼泽中才得以生生不息。金窝其实是一种诱饵，这个诱饵的本质只在于对人的控制；金窝也是永不兑现的支票，人被无法满足的欲望折磨得死去活来，成为跟在未来后面狂奔的狗群般的奴隶。金窝必须基于狗窝的辽阔存在才能彰显。这个乌托邦永远不会实现，乌托邦意味着历史、时间、细节、经验的消失。人类的欲望会向往金窝，但人类的经验无法忍受同质化。弗朗西斯·福山所谓的“历史的终结”和“最后之人”的世界其实非常可怕，人是历史的产物，“仁者人也”，每一代人都通过自己创造的细节解释着“仁”，仁是细节的历史，历史的末日也就是人的末日。在工业革命早期，德国诗人荷尔德林就警觉到“诗意”的黄昏、“同质化”时代的降临，因此他说：“人充满劳绩，但还诗意地栖居在大地上。”海德格尔更深刻地阐明了这个真理。而其实，这个真理在老中国过去的黄金时代（例如宋）一直被践行着，只是很少被深思阐释过。

在巴黎

[俄] 茨维塔耶娃　南曦 译

星光之屋，与其下的夜庐
近处的大地已微胧
同一秘密始终被渴寻
在巴黎，它如此辽阔，欢悦

林荫道夜声喧嚣
最后一线光芒死去
爱侣们，成双绕过我
狂暴的嘴唇，傲睨的眼睛

我孤身一人，把头枕于
栗子树上，如此甜蜜
犹如在遥远的莫斯科，我的胸膛
颤悸于罗斯丹的诗歌

巴黎夜至，苦痛的疏离
至爱的心底这古旧的愚痴！
我要回到紫罗兰丛中，我的悲凉
是一帧肖像，画中人待我仁慈

那里沉思的目光闪现，一位兄弟
那里温柔的剪影浮起，映在墙上
罗斯丹，《年轻的鹰》之烈士
还有撒拉，在梦里我与他们全体相遇！

在巴黎，如此辽阔，欢悦
我梦见着云朵草坪
笑声，幽影，不祥之兆
以及某片苦痛永难穿越
——巴黎，1919年6月

18

2017年2月9日

“求木之长者，必固其根本。”（魏徵）。那建造一座城市的根本是什么？

庄子说：

> 夫大块载我以形，劳我以生，佚我以老，息我以死，故善吾生者，乃所以善吾死也。

李白说：

> 夫天地者，万物之逆旅也；光阴者，百代之过客也。而浮生若梦，为欢几何？古人秉烛夜游，良有以也。况阳春召我以烟景，大块假我以文章。会桃李之芳园，序天伦之乐事。

海德格尔说：

> 栖居乃是终有一死的人在大地上存在的方式。

> 我们栖居，并不是因为我们已经筑造了；相反地，我们筑造并且已经筑造了，是因为我们栖居，也即**作为栖居者**而存在。但栖居的本质何在呢？让我们再来倾听一下语言的呼声：古萨克森语中的“wuon”和哥特语中的“wunian”，就像 bauen 这个古词一样，也意味着持留、逗留。而哥特语中的“wunian”更清楚地告诉我们应如何经验这种持留。Wunian 意味着：满足，被带向和平，在和平中持留。和平（Friede）一词意指自由，即 Frye，而 fry 一词意味着：防止损害和危险，“防止……”也就是保护。自由的真正意思是保护。保护（Schonen）本身不仅在于，我们没有损害所保护的东西。真正的保护是某种**积极的事情**，它发生在我们事先保留某物的本质的时候，在我们特别地把某物隐回到它的本质之中的时候，按照字面来讲，也就是在我们使某物自由（即 einfrieden）的时候。栖居，即被带向和平，意味着：始终处于自由（das Frye）之中，这种自由把一切都保护在其本质之中。**栖居的基本特征就是这样一种保护**。它贯通栖居的整个范围。一旦我们考虑到，人的存在基于栖居，并且是作为终有一死者逗留在大地上，这时候，栖居的整个范围就会向我们显示出来。（海德格尔《筑·居·思》）

用汉语说，海德格尔讲的就是安居乐业，如何找死。“善吾生者，乃所以善吾死也。”筑居，不仅仅是建筑材料的搭建、浇筑、销售和使用，筑居乃是筑安身立命、安心、安居乐业之居。只有安，才能善，安是筑居的根本；只有安，才能“会桃李之芳园，序天伦之乐事”；只有安，才能“被带向和平，意味着：始终处于自由（das Frye）之中”，才能“诗意地栖居”。汉字中的安字，原始意义表示新房中有新娘，男子建房娶亲成家，这意味着“生生之谓易”。安这个字在汉语中的组合可以列出一个由筑居走向栖居的过程：首先是安放、安身、安生、安歇、安顿、安稳、安定、安全……再是平安、安度、安泰、安好、安适、安闲、安逸、安然、安详……然后是安神、安宁……最后是安息、安眠……真是好一个安！《说文解字》说：“安，静也。”“静，审也。”《诗经·柏舟》说：“静言思之。”只有安，才能静，静是一种超越性，只有静，人才能从唯物的黑暗里超越出来，诗意地栖居。安的一个重要的组词是安宁（寧），寧的甲骨文有多种写法：有的表示美酒或琼浆满溢的器皿以及吹奏乐器；有的表示有房可居，有酒可饮；有的表示安居乐业，丰衣足食，娱乐颐养；最后定型为寧，里面加入了心字。“象形字典”网说，“安”是“寧”的基础，“寧”是“安”的高级境界。说得好！

19

2017年2月11日

这是一个不安的时代，未来主义的巨大召唤蛊惑人心，世界总是采取积极进取的攻势，时时刻刻在搬家，满世界都是积极分子，安分守己、随遇而安、安之若素、安居乐业被视为保守、落后、背时。世界筑居的趋势只是经济野心的无止境满足、巩固政治宰制、意识形态的伪善、技术手段推销等等的权宜之计。“人类的幸福已经存在于数字、数学、经过计算的设计和规划等术语中，从这些术语中已经可以看到城市。”（勒·柯布西耶）。革命消灭细节，生活滋生累赘。幸运的是，当年旧巴黎的拆迁领袖奥斯曼一方面要净化巴黎，将黑暗赶出去，建造一个光辉之城，另一方面他也是个热爱故乡巴黎的小诗人。他在一首诗《一头老狮子的自白》中这样写道：

我崇拜美以及一切伟大的事物
美好的自然启迪了伟大的艺术
它是多么令人赏心悦目
我爱鲜花盛开的春天
女人和玫瑰

奥斯曼野心勃勃地要将巴黎改造成“伟大”的城市，而他没有忘记，巴黎是起源于春天、女人和玫瑰的巴黎。春天、女人和玫瑰，这是人们在巴黎安居的根本，正像安这个汉字，一座屋顶下面居住着一个女子。这个依顺着塞纳河的城邦其实是为春天、女人和玫瑰建造的，因此它才坚固，结实，地久天长，风情万种。

诸神之脸在石头上微笑
幽暗的
并不因为随后月光皎洁而清晰
工匠们在喜悦中永远匿名
并不因创造神迹而自大

20

2017 年 8 月 8 日

法国作家狄德罗曾经将美分为三种：一、实在的美，又称为“在我身外的美”；二、见出的美，又称为“与我有关的美”；三、虚构的美，即艺术作品的美。奥斯曼改造巴黎的出发点一方面是出于对政治、经济的考量，但更重要的是生活，是如何安生。奥斯曼没有忘记巴黎是“与我有关”的，他自诩为“艺术破坏家”。为了春天、女人和玫瑰，他“艺术地破坏”巴黎。“与我有关的美”固然有奥斯曼的个人偏见，但他也尊重“春天、女人和玫瑰”这个巴黎传统，他的审美血统来自这个“故乡”。这与今日世界许多地方彻底与传统断裂，仅为积累资本的冷血拆迁不同。正是这种“艺术的破坏”挽救了巴黎。奥斯曼拆迁不是要完全否定巴黎，相反，他肯定并膜拜这个城市的根基。他要用新材料建造更坚固耐用的“旧巴黎”。不是要摧毁教堂，而是要建造更坚固持久的教堂。不是要毁灭宫殿，而是要守护宫殿。不是要关闭巴黎的窗子，而是要让那些窗子更持久地拥有阳光。他希望用一个“通盘的计划，能够周详而恰当地调和各地多样的环境”。“奥斯曼所创造的现代性，本身即深深植根于传统之中。”（大卫·哈维）奥斯曼的巴黎美化战略就像拿破仑说的那样：“让驴子和学者走在队伍中间。”巴黎圣母院依然是伟大的建筑典范，工程师们心怀感激地模仿它，新巴黎在实用上小心翼翼地调整。新巴黎建造在旧巴黎的基础上，强化了巴黎原有的那些美而实用的方面，例如建筑物的传统样式，没有唯新是从。奥斯曼对巴黎的大改造大体如下：

一、巴黎的下水道系统。

二、在城市周边修建公园，包括巴黎西翼的布洛涅森林和东翼的文森森林。改造梭蒙公园，卢森堡公园；新建肖蒙山丘公园、蒙苏里公园，以及数量众多的公共小花园。这些花园“小巧简朴，均匀地散布在各个街区，填补街区中的边角剩余空间”。除此之外，还大搞“开敞的、园林化的散步场所”，“用于改善城市的公共绿色空间”，“绿色空间与其他城市基础设施联系在一起，有效加强了社会各阶级层之间的联系”。

三、在独立设施与街道设施方面，改造或新建市场、歌剧院、商业法庭、屠宰场、学校、市政厅、教堂、剧场、咖啡馆等，在城市周边地价便宜、交通方便的地点建设精神病院、老人院、免费托儿所、幼儿园、社区诊所等。最后，还建设了一个大型公墓，“通过一个铁路系统与所有医院相连接”。

奥斯曼甚至为爱情、约会设计了大量的街道家具，如海报亭、饮水池、休息座椅、行道树箅子和护栏、路灯和灯杆、喷水池、公厕等。“一百五十年过去了，这些家具仍然点缀在巴黎街头”，“并且每一件都是城市设计的经典之作”。这种样式甚至影响了整个世界，如今，无论在里约热内卢、东京或者昆明，都可以看见奥斯曼时代出现的公园长椅。巴黎通过生活方式影响世界，就像从前中国人通过插花的青瓷花瓶感染世界。巴黎的浪漫主义奠基于这个城市的基础设施，这种浪漫主义是材料性而非观念性的，它创造了巴黎的感官。浪漫主义意味着你可以坐在一条铸铁长椅（椅面和靠背是木条，不会凉到身体）上看塞纳河左岸的落日，或者你可以当众接吻（这种长椅子为公开接吻提供了合法性）。奥斯曼为巴黎生活卷土重来留下了伏笔，这些新的林荫大道、公寓、花园、靠椅……需要一些时间来适应，但最终是可以适应的，因为基于人性、经验，它们只等着时间为它们开光，长出包浆重返老巴黎的怀抱。

一百多年后，雨果厌恶的那些直线几近消失。**20** 世纪 **30** 年代的巴黎是这样的：

> 站在马路上，能够看到林荫大道两边的远景，林荫大道的两端耸立着纪念碑，使得每次散步都能达到一个戏剧性的高潮。所有这些性质都有助于使新巴黎成为迷人的独特一景，使人赏心悦目……林荫大道创造了一种新的原始景象：创造了一个空间，在其中他们能够在公共场合中不被人打扰，不用将自己关在房间里就能亲密地在一起……从那时起，林荫大道在现代爱情的形成过程中将与闺房一样重要。（马歇尔·伯曼《一切坚固的东西都烟消云散了——现代性体验》）

早在1913年，本雅明就注意到林荫大道上的那些房子，“造起来似乎不是为了让人居住，而是像花岗石板，为了让人们在中间散步”。经过古老的城门，你可以绕城一周，这个城市还保留着中世纪的模样，壁垒森严，从前是一个内城，中间的街道却一点也不狭窄，而是建得非常宽敞，还设计了带拱门的露天内廊，天空看起来就像覆盖在上面的壮丽的天顶。“在这里，和所有的艺术、所有的活动有关的最好的东西，就是他们保留了少数原始自然的荣耀的遗迹。”的确，他们令这些遗迹焕发了新的光彩。它们有着一致的外观，沿街一字排开，看起来就好像是在城墙里面，这样的城市比别处更令人感到一种物质上的安全感。对本雅明来说，这些连接林荫大道、在恶劣的天气里为人遮风蔽雨的连拱廊散发着无穷的魅力……（汉娜·阿伦特《瓦尔特·本雅明》）

拱廊街是介于室内与街道之间的东西。如果说有什么“生理研究”的艺术技巧，那就是副刊俗文学的手法，也就是把大街变成室内。街道成了闲逛者的居所，他靠在房屋之间的外墙上，就像一般市民在家中的四壁里一样安然自得。（瓦尔特·本雅明《波德莱尔：发达资本主义时代的抒情诗人》）

马歇尔·伯曼认为，现代的画家、作家和摄影家，从 **19** 世纪 **60** 年代的印象派至今，“整整五代人都从流淌在林荫大道上的生活和活力中吸取养料”。“这是巴黎‘忧郁’气质的源头。”“其实何止画家、作家和摄影家，近代以来法国的思想家、设计师和电影导演，无不从对巴黎的林荫大道的解读中产生灵感。”

乔伊斯在巴黎感到自在多了。他对温德姆·刘易斯说，巴黎是“最后一座富有人性的城市”，尽管它很大，但仍保持着自己的亲切感。(《乔伊斯传》)

1913 年，他（本雅明）还是个很年轻的小伙子，第一次到法国，几天以后，巴黎的街道比他所熟悉的柏林“更像家”。也许那时他就感觉到了，二十年后他更加确切地感觉到，从柏林到巴黎的旅行，不是从一个国家到另一个国家的旅行，而是在时间中的旅行——是从二十世纪回到十九世纪。法兰西这一优秀民族的文化决定了十九世纪的欧洲，奥斯曼重建了巴黎，本雅明称它为“十九世纪的首都”。这个巴黎准确地说还不是世界性的，但确定是十分欧洲化的，因此从上个世纪中叶起，它就以无比自然的姿态，给所有无家可归的人提供了第二故乡。无论是本地居民所宣称的对外国人的畏惧和忌惮，还是来自地方警察的老练的骚扰，都不能改变这一点。（汉娜·阿伦特《瓦尔特·本雅明》）

卢森堡公园

卢森堡公园外面的一家咖啡馆，黑夜将至

一张看风景的椅子，在巴黎档案馆的庭院里。这是奥斯曼的功劳，从前人们没想到这样看风景，现在这种巴黎方式风行全世界。坐在这种椅子上，一切风景成为卷轴，设计灵感是否来自中国山水画

人行道上的隔离桩。看上去像一位中国小丑

四个闲逛者

某条街上刚刚入夜的垃圾桶

街心的一处空地。它的用途是即兴的。足球场、音乐会、跳蚤市场、小便处、遛狗地、露营地……

在巴黎北站的候车大厅里有一架钢琴

一点铬黄

左岸。靠近塞纳河的一条小巷

在公园里睡觉。我举着相机，另一条椅子上的那人说：NO！是啊，在他看来，这是在他家里

某个早晨，有个睡了一夜的人跟着乌鸦离去

枕着窗台观看下面街道上的风景

谁喊我

跟着爸爸取钱

骑在父亲脖子上的小孩和那只狗

走向天空

褓裸

巴黎小街上的父与子

21

2017 年 2 月 15 日

在极端的现代主义者勒·柯布西耶看来，巴黎依然是一个“箭猪”“但丁的地狱”。奥斯曼的新巴黎重返狗窝，一个更坚固的狗窝。巴黎因从奥斯曼时代的积极之城、光辉之城重新坠落成消极之城、忧郁之城、浪漫之城、诗人之城而更坚固。

> 一座城市是一个永久不停的创造，它的高楼大厦、气味、喧闹、熙来攘往属于人的领域。在城市里，一切都是严格意义上的诗。在这个意义上，1920 年前后，年轻人面对电气公告、霓虹灯、汽车产生的奇妙之感，深刻意义上，是波德莱尔式的。（萨特《波德莱尔》）

巴黎为波德莱尔这种气质的诗人创造了更耐久的掩体，这种诗人是新世界的弃儿，他们的世界观与新世界背道而驰：

> 我总觉得做一个有用的人，是一件可憎的事。（波德莱尔）

> 我是充满枯萎的蔷薇花的旧日客厅，

那里杂乱地放置着过时的流行品，
发愁的粉画，
布歇的褪色油绘，
独自发出打开的香水瓶的香味。（波德莱尔）

幸福的人丧失了他灵魂的张力，他堕落了。波德莱尔永远不能接受幸福，因为幸福是不道德的。（萨特《波德莱尔》）

既然不存在现成的、可以依赖的原则，那么或者他必须固定一种非道德的对万事万物无动于衷的立场，或者他将要去发明善与恶。（萨特《波德莱尔》）

这正是巴黎最隐秘的魅力。世界上的大多数城市都概念化地朝着进步、幸福、未来，只有巴黎拒绝任何预先设定的幸福，巴黎自己就是幸福的黑暗沼泽。

假如我们对输赢不在乎呢？（萨特《波德莱尔》）

呼吁上帝，或精神性，是上升的渴望；呼吁撒旦，或兽性，是沉沦的欢乐。（萨特《波德莱尔》）

巴黎没有赶走它的野兽，没有赶走它的钟楼怪人，哪怕这位卡西莫多内心并无善意。2015年巴黎发生了大屠杀，132人在枪击和炸弹中死去，可怕的罪行并没有激起巴黎人“特朗普”式的反应，这并不奇怪，或许这种残忍的、超越了道德的包容本身就意味着巴黎之魅力的深度。

> 圣日耳曼大街上，有一次一辆军车翻倒在地，把一名德国上校压在车下。我看到10个法国人赶上去把他救出来。我确信他们都仇恨占领者；两年后，他们中必定会有几个人成为法国国内力量成员，在同一条大街上向占领者开火。不过当时又是怎么一回事呢？这个压在自己汽车底下的人是占领者吗？该怎么办呢？（萨特《占领下的巴黎》）

> 似乎没有幸福，没有忧伤，也无好奇之心，只知道走路，看不出他们要上哪，只是这儿走走，那儿逛逛，他们孤零零地在人群中，可从来却不感到孤独。（玛格丽特·杜拉斯《情人》）

巴黎又可以无所事事地闲逛了，可以惊心动魄地恋爱了。“真理没有泯灭，只是附着在碎片之上。”（本雅明）奥斯曼之后，美重新统治巴黎，不再无足轻重。

如果巴黎是一座现在的、同时也是未来的城市时，还是“过去的一座神奇的博物馆”，它所有的历史纪念物，所有的公共广场都是一种公认的不可替代的美。如果我们的市政官员们有义务，每天都要创造一些新的东西，那么就必须阻止他们，告诉他们不要对现存的一切动一根手指头。（欧也尼·埃纳尔）

如果奥斯曼犯了错误，他的城市规划又自此成为一个事实，那么我们应该考虑的是如何完善它而不是粗暴地推翻它。（克里斯多夫·普罗夏松）

当然，新巴黎也是陌生人社会了。

在新的巴黎中，居民失去了归属感，群众意识解体，他们分散为新的没有历史深度的阶层、人群。（马尔库塞）

人们被自己所创造的物的世界压制、奴役，甚至异化。人们永远行走在路上，似乎不知疲倦地赶往下一个目的地，异化为行走的机器，丧失了主动思考的能力，无暇也没有意识做出反思乃至批判，沦丧为平庸和狭隘的“单向度的人”。（马尔库塞）

马尔库塞也许有点危言耸听，人群一方面被新巴黎解体，昔日心怀叵测、诡计多端，又恋恋不舍、相辅相成的邻居熟人消失了，人群却在另一些方面团结起来，生活是一种伟大的黏合剂，只是生活的形式变了，生活这头巨兽依然在塞纳河畔充满活力。

巴黎星期日的长跑

汽车禁止通行　大道条条畅通
穿短裤的跑步者　打开蜂窝般的斗室
纷纷逃进日光大殿　仿佛昨夜
他们做的是同一个梦　一个跟着一个
距离均等　速度一致　不断地运动关节
髋　脚　手臂　肩膀　小腿上
别着肌肉短剑　就像那些荒野之人
不是为了优美　他们背叛的是同一种失眠
——2017 年 11 月 3 日

22

2017 年 10 月 5 日

这个世界崇拜进步，人们到城里去奋斗，竞争，成功，最后死在医院的输液瓶下。世界大都市无不在鼓励奋斗，进取，竞争，成功。阿波罗的光辉照亮城市，胜利女神尼克披着霓虹灯的羽毛在城市的天空召唤，只有酒神狄俄尼索斯还徘徊在世界幽暗的郊区。就是狄俄尼索斯也在犹豫了，酒神在郊区徘徊。城市成了古罗马式的竞技场，人人都是积极分子，人人都是角斗士，没有观众，每个人都是赤膊上阵的演员，看不见真面目，每个人都戴着各种设计出来的得体面具。现代艺术成为一种争取胜利的宣传术。20 世纪初，从波德莱尔们开始的先锋派已经转移到纽约。杜尚先生依靠出售观念在纽约成名，他的作品只是最低级的指鹿为马，隐喻暴露了它的商业本性，A 可以是 B，小便池可以是喷泉，也可以是卫生间用品制造公司的广告，这当然不是杜尚的错，但是杜尚式的隐喻确实启发了世界资本家的灵感。巴黎太落后，只有那些浪漫主义者、架上绘画的忠臣、古董爱好者、波西米亚人、写诗的疯子……才挂念着巴黎，仿佛巴黎是个隐居之地。作者已死，巴黎不是奥斯曼的巴黎，也不是雨果或者波德莱尔的巴黎，巴黎是巴黎的巴黎。正是由于这一点，巴黎才屹立至今。巴黎已经创造了某种非巴黎的东西，仿佛巴黎是原始的，像塞纳河一样原始，巴尔扎克是原始的，维克多·雨果是原始的，波德莱尔是原始的，巴黎圣母院是原始的，圣马丁运河是原始的，卢浮宫是原始的，拿破仑是原始的……仿佛巴黎从来没有过土著，没有过丛林时代，仿佛这个城的根，像鹰鹫那样伸着爪子从天而降，一落地就深入到地层中，再也无法撼动了，巴黎是文明创造的一种土著。

时间这只伟大的蜘蛛将这个城市编织得错综复杂，就像阴阳交替的森林或者海底，犹如阿拉伯人的地毯市场，从深到浅，从远到近，一个浪后面是另一个浪，礁石下面是珊瑚，沙子上面是贝壳，海带上糊满菌类，一个群落连着又一个群落，印度人旁边是马里人，古董店旁边是画廊，鲜花旁边是奶酪，无数的街道、小巷、阁楼、走廊、阳台、房间、花园、书房、厨房、咖啡馆、小酒馆、裁缝铺、垃圾桶……各有各的秘密，各有各的含义，各有各的配方，各有各的机灵……死者与生者同居，骷髅与鲜花并存，深渊挨着深渊，白日梦跟着白日梦，陷阱连着陷阱，记忆裹着记忆，在这个街口你遇到教堂，在下一个街口你碰到撒旦……有一天，我经过一家纽扣批发店，玻璃窗后面有上万种闪闪发光的纽子，珍珠般密集在各种盒子里。挑拣纽子的女士们就像在沙滩上那样，手掌心里搁着一颗颗石子、珍珠，为某粒珠子的发现尖叫。要多少纽子，才能将巴黎这个海扣合起来哪。盘根错节的城市，这种盘根错节是现实、记忆、当下、时间、历史的盘根错节。一个巴黎摞着另一个巴黎，一个巴黎裹藏着另一个巴黎，一个巴黎再生着另一个巴黎，现实的巴黎投影出幻觉的巴黎，巴黎的骗局暗藏着巴黎的真理，形而上的巴黎被建造成形而下的巴黎。“一个包裹着另一个，一个限制另一个，一个填塞另一个，无法分开。”（卡尔维诺）搞不清这究竟是巴尔扎克的巴黎还是罗伯－格里耶的巴黎，或者是波德莱尔的巴黎、罗丹的巴黎、罗兰·巴特的巴黎……每个人都创造了一个巴黎。这是你私人的巴黎，你刚刚到来，怀里护照上的入关章还没有干透，你已经加入这场持续了数个世纪的巴黎大创造。

这男子手臂上青筋毕露
就像从铁路局取出的一截钢轨
力度不弱　质地更柔软　会弯曲
毛茸茸的似乎因不合格而被废弃
背在后面　握着一根长棍面包
焦黄色　与他的年纪　有着某种近似
异常的香啊　在圣日耳曼大街
不由自主　我跟着这个面包
走了几步　直到他进了教堂
——2017 年 5 月 8 日

23

2017年6月21日

在19世纪，一种对基督教的怀疑暗暗地侵蚀着欧洲，尼采坦率地说出了这种疑虑："上帝死了。""靠艺术拯救人生，赋予生命以一种审美的意义。""艺术被赋予人类，是为了防止人类因真理而死亡。"尼采像那些古老的东方哲人那样开出了"艺术形而上"的药方。"宗教消退之处，艺术就抬头。"这一切已经修成正果。巴黎是一种抵抗，一道同质化时代难以攻破的马奇诺防线，历史、经验、自信、顽固、守旧而生动乐观……我相信就是巴黎后面的欧洲被攻破了，巴黎也不会被攻破，因为那些人创造的古老细节已经像根一样深入法兰西岛。无边无际的细节，上帝也无法宰制的细节，从那些岩页般的屋顶深入到最隐秘的室内；深入到衣柜里面由各种穿过或从未穿过就被忘得干干净净的缝制品组成的地下室中，通过一条磨腻了的领带，通过那件纽子没有扣上的纪梵希西装——也许他刚刚解开，但是玛格丽特·杜拉斯在敲门；深入到某人的祖父1857年在马赛购置的一张中国清代的镶着贝壳的矮桌的裂缝里；深入到马桶后面永远在嘀嘀嗒嗒的水质小钟里；深入到一只中国花瓶内部枯萎多年的白玫瑰的根茎里；深入到一盒干透的粉盒下面的垫纸里；深入到一沓含义已经模糊，需要历史学家才能解读的 1879 年 4 月 3 日发出的家庭信件里；深入到一只从美洲偷渡到阿让特伊的老蟑螂的指甲缝里；深入到路易十六遗留在一个贵族那里的手杖里，之后手杖进入大不列颠岛的一家拍卖行，于 20 世纪的某日再次回到巴黎卢浮宫附近的古董廊（Louvre Antique Mall）——仿佛从未倒下，依然挺立在金光灿烂的纯金包壳里；深入到一只翠凤蝶的花纹里，世居巴黎，那条蝴蝶裙的本色已经发生变异；深入到一个印着狮头的镀银名片盒里，那盒子早已改变用途，用来放药片了；深入到塞纳河右岸的一只垃圾桶里面，那只垃圾桶本身已成为大地上的原住品，它容纳过数个世纪的垃圾，就像马戴尔教堂前面的那个喷水池；深入到一尊来自越南河内地摊的吴哥式的石质神像的眼眶里，它本在暹粒黑暗的荒野上眺望，现在它的目光穿透马尔罗的书房，望着一只青花瓷瓶；深入到某人的结绳记事般的记忆中。通过文字，巴黎越过大地，爬上高原——我记得 1975 年，我关紧门窗，借着一盏蜡烛读到这些文字："真正的光明决不是永没有黑暗的时间，只是永不被黑暗所掩蔽罢了。真正的英雄决不是永没有卑下的情操，只是永不被卑下的情操所屈服罢了。"我内心安静、坚定、充实。我记得那是一本被手汗浸透的书，有一股怪味，书页卷边，就像一堆干透的蛆虫。这部书写的什么我已经忘光了，只有这串语词的宝石一直在我的记忆里闪烁，还有一句："江声浩荡，自屋后上升。"从蒙马特高地眺望，巴黎看上去就像一群在阳光下扭动的各式各样的灰白色昆虫，正在啃噬着大地之叶。世界许多城市，你一眼就可以说出它们的特征，比如：纽约，“林立、实在、自信”；北京，“宽阔、高大上、虚无感”；东京，“杂陈，不知如何是好，摇摆不定”；伦敦，“守旧”；柏林，“汲取二战的教训”；等等。但巴黎，你说不出那是什么，一片伟大的混沌。

“我的人生与我的哲学是同一的。”（萨特）“只说一个知，已自有行在；只说一个行，已自有知在。古人所以既说一个知，又说一个行者，只为世间有一种人，懵懵懂懂的任意去做，全不解思惟省察也。”（王守仁）巴黎的混沌意味着这个城市观念与生活世界总是能“天人合一”。观念层出不穷，但它总是能与身体适合。“生活变为观念，观念回归生活。”（梅洛－庞蒂）

女仆出嫁了　巴黎还在这里

落日死了　巴黎还在这里

咖啡馆打烊了　巴黎还在这里

船一艘艘走了　巴黎还在这里

波德莱尔死了　巴黎还在这里

大教堂的钟声响了　巴黎还在这里

塞纳河流去了　哦　巴黎　你还在这里

——2014年9月19日

24

2017 年 11 月 30 日

写作是阅读，阅读也是写作。巴黎即是一种阅读，也是一种写作。每个早晨，你都会发现一个新巴黎，而旧巴黎还跟在后面，并不会破旧立新。我 20 多年前第一次到巴黎，20 多年后再去，那种激动人心的东西，像风情荡妇那样令人神魂颠倒的东西依然在那里，只是细节的颜色变了。那个像座钟一样靠着玛德莱德教堂大门化缘的老妇人不见了，那只铁皮罐子不见了，我曾经在里面扔过几个镍币；现在，换成了一个老头和一条狗。巴黎永远不会像完成的画那样挂在墙上，令人置身事外。只有浮光掠影，你才能进入巴黎，流浪汉倒像是原住民那样自然。有时候我背着照相机、一瓶水、两个苹果和一个三明治，哼着一支歌就上路。巴黎有一种荒原气质，荒原并非荒凉，荒原意味着不知道，未开发。巴黎当然被开发过了，自公元四世纪，罗马人在西岱岛上建造宫殿以来，这个地区已经被开发了无数次，许多古老的开发成为废墟，又在废墟上开发。最后，这些开发就像地质运动那样纠缠成一种现代荒原，诞生了一种新的、陌生的混沌。艾略特在《荒原》中忽略了一点，现代荒原不仅仅是祛魅的，也可以是返魅的。这要看人们建造这种荒原的世界观，是进步、唯新，还是温故知新、好在。文明照亮黑暗，混沌被光解构了，分崩离析，七窍流血。因此孔子一直告诫：“文胜质则史，质胜文则野。”巴黎荒原不是进步的结果，而是守成和接纳的结果，巴黎总是知道什么要守，什么需要维修，什么可以拆掉，什么必须拿来，什么应当拒绝，那只看不见的巴黎之手仿佛是一位伟大的、超越性的哲人，它身上有着苏格拉底、耶稣、安拉、老子、孔子、湿婆、太阳神、释迦牟尼的混合气质。因此巴黎超越了原始的混沌，创造了一种现代的混沌。因此，今天天气好，一个穿阿迪达斯的异乡客可以像中世纪的小瘌子或者桑丘、堂吉诃德那样在孚日广场上流浪，闲逛，中午坐在一个教堂的门口，像 11 世纪波斯诗人奥玛·海亚姆在《鲁拜集》里的一首诗吟唱的那样：

树荫下放着一卷诗章，
一瓶葡萄美酒，一点干粮，
有你在这荒原中傍我欢歌——
荒原呀，啊，便是天堂！
（郭沫若 译）

25

1947年6月17日

“我是在‘花神咖啡馆’二楼写信，这是我们存在主义者的咖啡馆。”波伏瓦告诉奥尔格伦，“面向大街的大厅里和露天座位上有许多人。这里没人，只有我一人，窗户开着，我能看到圣日尔曼大街的树木。”“一间明快的大房间，一间非常小的房间，一个厨房兼厕所，没有澡盆，不过可以眺望到巴黎圣母院。”（波伏娃）可以看见巴黎圣母院，这就是诱惑。巴黎充满着诱惑，这种诱惑经久不衰。巴黎的诱惑不是什么高深莫测、束之高阁，只能高谈阔论的东西，这种诱惑就在巴黎的表面。在于你只是在这里小住，就刺激你写下《尤利西斯》或者《没有人给他写信的上校》。巴黎是大海，因此人们可以在岸上观望它，想象它，你无须去深入巴黎，巴黎的魅力正在于浮光掠影，走马观花。我见过巴黎和我见过大海同样是值得炫耀的事，不是吗？本地居民像红衣主教路墙壁上的那些有面包味或者奶酪味的石头一样沉默，大多数人过着两点一线的生活，这种生活古老得就像长棍面包，以致人性并没有人们想象得那么复杂深奥。侯麦的电影就是浮光掠影，他只是平淡无奇地握着摄影机，随便就扒开巴黎的淤泥，他的电影就像波德莱尔说的那样，有一种厌倦，对深刻的厌倦，他只是浮光掠影。浮光掠影，这倒是巴黎的深刻。表面就是内部，而这个正在眼前的内部经常被世界的眼睛忽略，世界总是迷恋不可见的本质，所以它总是错失那些深刻的当下、此在。

26

2017 年 7 月 5 日

无数时间陶冶的细节像神一样深嵌在巴黎的身体中。那些来自中国的瓷器、家具往往失去了它们的实用性，不再是花瓶啊，碗啊，盘子啊，坛坛罐罐啊，似乎这些中国的日常生活器皿一旦运抵巴黎，就像圣物那样被收藏供奉起来。东方瓷器的实用性在巴黎消失了，它令人毕恭毕敬，神圣不可侵犯，大多数在全新的时候就被收藏起来。收藏是当下的，而不仅仅是历史的。神性是当下的，世俗的，在场的，而不是彼岸的。在将来的时日中，这些暗藏着的间谍将使巴黎与罗马或梵蒂冈越来越疏离，这个世俗之城将日益沉迷于日常生活世界，将自己本身作为一种在世的天堂来营造，就像从前中国人营造苏州、杭州。“在最高的意义上说，收藏者的态度是一种继承人的态度。”“同对象建立最深刻的联系的方式就是拥有这个对象。”“不仅仅是他们在日常世界所必需的东西，而且还是那种从实用性的单调乏味的苦役中解放出来的东西。”（本雅明语）这是一种中国式的收藏，不在于藏品的实用性，而在于一种精神上的满足感、超越感、存在感。仿佛这些藏品原来的创造者曾经为之发狂的通灵、魅力、鬼斧神工会通过对这些物件的拥有而转移到藏家的生命力里，转世，他们成为继承人，就像这些不朽宝贝的儿子，他们得以不劳而获地摆脱肤浅、贫困，从而进入富足、深邃、高贵、深厚。说得俗气点，获得古玩加持的爵位，那些古玩藏家的风度，确实有点像“一位绅士”。确实，就是一个文盲在经过多年的收藏之后，也会变得彬彬有礼，举止不凡，令人肃然起敬。他一直在举重若轻，小心轻放；一旦收藏，他对待物的态度就不再是轻率的，实用的，开始居敬。居敬、敬畏不再是概念，而是上手的。我恰巧认识一些这样的人，比如昆明古玩城的老二哥，他以前是工人，没读过书，在机修车间上班，得空就去昆明东风广场的一个角落打拳，跟着一帮徒弟。工厂倒闭，他跑到古玩城摆地摊，10 块钱收的东西，他转手卖 30 就满足了。手重，打破过几个古董。后来开了一家古玩店，多年过去，学会了取出藏品的时候要活动一下手，在台面上铺一块丝绸。现在他办了一个私人博物馆，将那些物件菩萨般供着。

在埃菲尔铁塔上

里沃利街的一家咖啡馆

“咖啡匙子量走了我的生命……”（艾略特《J·阿尔弗瑞德·普鲁弗洛克的情歌》）

咖啡店的意识流

咖啡馆门口

咖啡店门口，天天坐在这里的人

咖啡店门口，表情各异的人

老街上

三个人的午餐

巴黎的围巾

驶向奥赛博物馆的地铁中的一双手

左岸的一家古董店

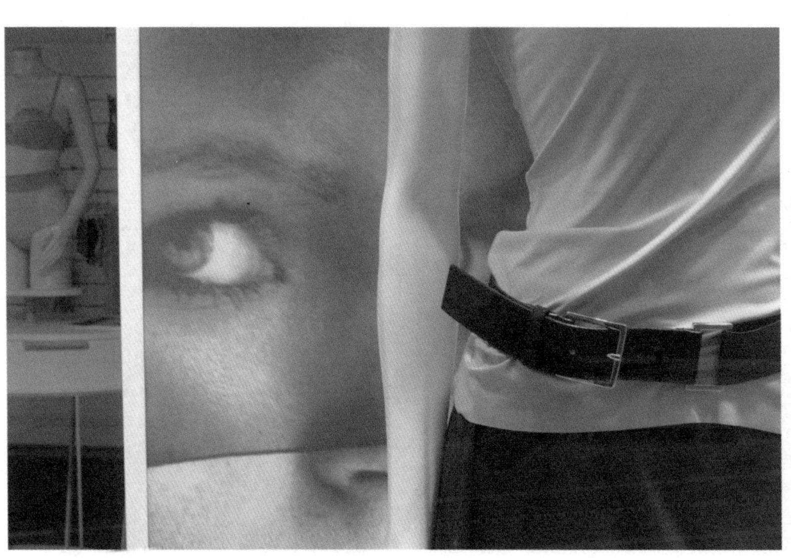

一家内衣店的橱窗

摆在旅馆电梯出口旁窗台上的一座雕塑

即将腐朽的窗子，实用主义消亡的终点，美开始了

水果摊一角。金黄色的水果，我去掉了色，金黄成为一组丰富的灰

巴黎的内部

巴黎的岩石面包

啃了一生的长棍面包

咬了一嘴的长棍面包

很想吃掉它。接着吃，面包必须不朽

卢森堡公园附近的旧书店，巴黎的旧书店比新书店还多

27

1995 年 9 月 18 日

有一天，我的朋友 F 带我去她的同事雅克琳夫人家拜访，她正在与 F 一道翻译我的《尚义街六号》。“你写了生活，我喜欢。”她家住弗朗索瓦·米隆大街，这条街比夏东家那条街阔气多了，林荫大道，街上没有铺面，安静，森严。街区住的都是富有的老巴黎，一家家的大门上镀金的老派扶手闪闪发光，就像一个个没落贵族。每个门是不一样的，有的门面泛黄，多年来被小心翼翼、暗怀敬畏地使用，没有划痕，包浆深厚，朴素而豪华，时间将风马牛不相及的品质都灌注在这些门上。有的开关频繁，仿佛总是气急败坏的内阁大臣，门框已经裂开，漏着缝，为窥视者留下了机会，趴着门缝朝里瞅，一片荒凉的草坪。雅克琳家在一栋公寓内，宽阔的楼梯仿佛通向歌剧院，各家的门与街区同样古老，只有订在门框右侧的小铜牌上刻着的屋主姓名换过，这是经历过生死的房间，曾经有人被抬出去，也有人在里面生下来。门很重，徐徐打开的感觉仿佛后面有一处大厅，里面却不大，不是什么大堂高宅，一些钻石般的小房间而已。世界在这些房间里慢下来了，无边无际的细节，仿佛海水退去，海滩上散落着的各种物件。你必须慢慢地走，才能避免碰到什么。各种各样的玩意儿，壁画、挂毯、雕塑、油画、盛着卡片的小箱子、壁灯、靠垫、蜡烛、台灯、猩红色的沙发、瓷器、铜器、镶着镀金框子的镜子、路易十六时代风格的家具……到处堆着书，地上，书架上。

书堆得到处都是，都是旧书，从未翻开过的已经苍老的书，好像已经陪伴了主人很多年。偶尔有一本夹着小纸条，或插着枯萎的书签。有一叠丝带束着的旧纸，是谢阁兰的手稿。

> 如果有一天她经过这里，对着你高高站立，愿她念诵这些语词，用她那不断变幻、生动活泼、被睫毛庇护的眼睛——我了解那睫毛的阴影；
>
> 愿她掂量这些词句，用她那饱尝亲吻的舌头，用她那印痕常在的牙齿，用她那丰满多肉的嘴唇——我没有失去那嘴唇的味道……（谢阁兰《碑》）

每一间都是一个细节博物馆，就像《追忆似水年华》说的：

> 她家里慢慢地就堆满了脚炉、椅垫、挂钟、屏风、气压计、瓷花瓶，重复冗杂，杂乱无章。

> 您如果还想看到一张跟这张同样好看的沙发，那我就劝您趁早打消这个念头。这种款式的沙发，他们从来就没有做过第二张。那些小椅子也都是珍品。您一会儿可以去

看看。每一个青铜铸件都是跟椅子上的图形相配的；如果您有意看一看，您既能学到东西，又能得到享受，准能感到没有白费时光。您请看看这椅子的镶边，那“熊与葡萄”红底上的小葡萄藤，画得多好！您说呢？

轻微的灰，房间装修过，几根栗黄色的木柱故意露出木纹。这个家就像被巴尔扎克写过，在《邦斯舅舅》的某一段里。巴黎人住在古董里面，巴黎本身就是一个巨大的古董。收集古董是巴黎人普遍的生活方式，这种爱好令巴黎充满了发霉的历史感，不只是卢浮宫，历史因家家户户无数的被小心保存着的日常生活的细节而在场。这不是国家或社会运动那种大历史，而是私人生活的小历史。她父亲的、他祖父的、她外祖母的、她外祖父的、他曾祖母的……那些来自时间深处的小玩意，永不消逝的微光。

对于私人来说，居室的幻境就是整个世界。在居室里，他把遥远的和久远的东西聚合在一起，他的起居室就是世界大剧院的一个包厢。

居室是艺术的避难所。收藏家是居室的真正居民。他以美化物品为己任。他身上负有西西弗式的任务：不断地通过占有物品来剥去它们的商品性质。但是他只赋予它们鉴赏价值，而不是使用价值。收藏家乐于召唤一个不仅时空遥远而且更加美好的世界——当然，这个世界并非比日常生活能更好地满足人的需要，但是能够让物品摆脱被使用的辛劳。（本雅明《巴黎，19 世纪的首都》）

本雅明是在阐释马克思的某种理想吗？收藏在反抗和拯救着物的异化吗？但这不是乌托邦，至少时间在这里不再是单向度的直线了。时间将价值连城者和一文不值者都纳入美的宰制，在美面前，万物平等。收藏不是资产阶级的专利，而往往是那些廉价的收藏更具有动人心魄的魅力。便宜货并没有阶级界线，谁都可以捡漏。人的斗争不再是物的弱肉强食，而是审美境界的犀利与否。巴黎是一个左倾的城市，它繁华，时髦；然而，暗地里却鄙夷珠光宝气而向往旧物，向往波西米亚式的浪漫主义，波西米亚是穷人的时髦。巴黎的左倾气质正是通过这些储存着时间的居室散发出来。这是一个世界上跳蚤市场最发达的城市，成千上万的巴黎人一到星期六，就蜂涌向那些遍布在街头、地铁车站出口的臭气冲天的地摊，在那些死者们的旧物里翻啊，刨啊，拣啊，挑啊——那位住在香榭丽舍大街的女士的梦想是一条 19 世纪的蓝围巾。这并非一时的心血来潮，而完全是精打细算，她们知道，这样一条围巾可以通向那种深刻、持久而如胶似漆的爱情。

28

1995年9月18日

趁着前图书管理员雅克琳在厨房里烹调午餐，我跟着她丈夫在各个房间转悠。这是时间的一个小仓库，在这个小玩意面前，时间显示为18世纪的某日，在那个座钟前，显示为今天下午3点，在另一个转拐，又回到20世纪早期……照相的发明使巴黎以一种前所未有的方式保存着记忆，那么多旧相片，这些发黄的纸片上，记录着私人生活最生动的历史。死者并未死去，他们音容笑貌永存。瞧，多年前的夏天，他们站在马德里安的风景中。时间没有过去，如果雅克琳家的某道门里走出来一个人，被介绍说是邦斯舅舅，我一点也不会吃惊。雅克琳的丈夫以前在电视台工作，他皮肤白皙，皱纹优雅，天真而傲慢，一生都没有离开过巴黎，就是外省都没有去过。“为什么要去呢？”他似乎觉得那些问题很奇怪。其实我外祖母也一样，一生都没有离开过昆明，她死在故乡那些黑暗的细节中。我记得她总是藏着一个红漆粉盒，里面装着纯金打造的项链、玉佩，她一再地交代舅舅、姨妈、母亲，在她死后，这些东西要放在她的嘴巴里。我都忘了曾经有这样的时代，人们老死于故乡。

在中国，自五四以来，故乡已经不被信任，故乡在作家们的笔下，只是进步的绊脚石、批判对象，拆迁势在必行，作家们奇怪地与国家意识形态保持着一致。“面向未来”“批判故乡”，成为文学写作的主流，张爱玲那样的作家凤毛麟角。将故乡描述成一潭潭窒息生命的绝望死水，非常普遍。网络上有普鲁斯特语录，其中一句是：“当一个人不能拥有的时候，他唯一能做的便是不要忘记。”一位中国读者在这句话后面评论道：“当一个人不能拥有的时候，他唯一能做的才是忘记。这样你才能拥有现在，更多美好的东西才能进来。小孩都是玩具坏了就扔了，便拥有了新的玩具。因为小孩的接受性强，而成人不一样，总是用一些世俗和原则禁锢了自己。”

> 在贡布雷镇，今天已无处寻觅这条街了，昔日的故道上盖起了学校。但是，正如维奥莱－勒迪克门下的学生们认为在文艺复兴时期的祭廊里以及在十七世纪的祭坛下能重新找出罗马时期唱诗班的遗迹，从而把整座建筑恢复到十二世纪时的原貌那样，我的联翩的浮想同样也不让新建筑有片石留下，它在旧址上重新开凿出、并且“按原样恢复”了贝尚街……我的记忆保存下来的有关我童年时代的贡布雷的一些印象，也许是它仅存的最后的印象了，现在虽还存在，却注定不久会磨灭；正因为这是我童年时代的贡布雷，在自行消失之前，把那些动人的印象刻画在我的心上，好比一幅肖像本身已湮没

无闻，但根据它的原作临摹下来的东西却显赫地流传于世一样。我的外祖母就喜欢送我这类作品的复制件，例如早年根据《最后的晚餐》和让迪勒·贝里尼原作刻制的版画，这些版画保留下了达·芬奇的壁画杰作和圣马克教堂的门楼至今已无处寻觅的原貌。（普鲁斯特《追忆似水年华》）

29

2018年1月6日

故乡是一种对存在的信。孔子说："《诗》可以兴，可以观，可以群，可以怨。迩之事父，远之事君。"为什么兴在第一，兴就是开始、赞美、肯定，兴基于信任，基于对大地的信任。信任大地，才会道法自然。李白说，大块假我以文章。文章就是语言。存在之信通过语言敞开。海德格尔说，诗人的天职就是返乡。这个乡就是语言之乡，语言守护着文明的细节。历史、经验、时间，只在细节中存在。失去细节意味着语言的贫乏。写作就是回到故乡，故乡就是记忆、细节。普鲁斯特是一位细节的大师，不仅是现实的细节，更是意识深处的细节。意识流写作是为记忆发明的一种写作形式，写作不仅记录有的现场，还要记录潜意识深处的无的现场。哦，从前人们是那样做的，他们因此长寿！

30

2017年6月4日

左拉说，当他20岁时，就已经有了梦想，他要写“一本小说，其中巴黎伴随着它林林总总的房屋，将会是书中的一个人物”。林林总总的房屋，那是多少？从蒙马特高地的圣心教堂前的栏杆望下去，巴黎就像白昼下的星空。鳞次栉比，每一间屋子都苔藓般地长满细节，包浆醇厚，积德或积怨甚深，藏污纳垢、藏踪匿迹、藏锋敛锐、藏龙卧虎、积箧盈藏、窝藏、库藏、暗藏、潜藏、矿藏（矿做动词用）、掩藏、珍藏、蕴藏、贮藏、躲藏、保藏、收藏、捉迷藏、聚集、堆积、蓄积、储集、累积、沉积、郁积、积压、积重难返……古代汉语，用来描述巴黎有一种空间上的贴切。在汉语中，这些词正在历史化，空间中已经无影无踪。

> 收藏使物品重新获得了作为一件东西的性质，因为现在物品不再是用以达到目的的手段，而具有它内在固有的价值，所以，本雅明才能把收藏者的热情理解为一种与革命家的热情相近的态度。像革命家一样，收藏者“梦想着他的路不仅通向一个遥远的或者消逝的世界，而且同时通向一个更好的世界，在那里，可以肯定的是，

人们所得到的不仅仅是他们日常生活所需的，并且，事物从单调乏味的有用性中解放了出来”。（汉娜·阿伦特《瓦尔特·本雅明》）

31

1995年9月18日

因此梅塞格利丝那边和盖尔芒特家那边，对于我来说，是同我们各种并行的生活中最充满曲折、最富于插曲的那种生活的许多琐细小事紧密相连的，也就是同我们的精神生活有关。无疑，它在我们的心中是悄悄地进展的，而我们认为意义和面貌都发生变化的真理，为我们开辟新的道路的真理，我们其实早就为了发现它作过长期的准备，只是我们没有意识到罢了；而在我们的心目中，真理却只从它变得显而易见的那一天、那一分钟算起。（普鲁斯特《追忆似水年华》）

这并非文学小资们热衷的怀旧、伤感，记忆在为真理的敞开做着准备。《追忆似水年华》是一部时间之书，在西方书籍中是罕见的，西方小说总是充满空间占有的野心，时间只指向某个未来的千禧年。在普鲁斯特这里，时间像《红楼梦》那样，深刻于细节中。深刻于时间中的细节，极大地扩展了意义的空间。子在川上曰："逝者如斯夫，不舍昼夜。"时间不舍昼夜，但是时间不是抽象的。"夫《易》彰往而察来，而微显阐幽。开而当名，辨物正言，断辞则备矣。"（《周易·系辞下》）

时间是幽微的，只有在细节中才能感觉到时间。逝，是由无数细节组成的。逝，在古汉语中的意思是弯曲，时间不是直线，而是弯曲。逝，是循环往复的，过去可以是现在，现在可以是过去。普鲁斯特的记忆保存并虚构了生活的各种细节，只有保存才能虚构，没有记忆的细节是欺骗。所以齐白石说："不似则欺世，太似则媚俗。"只有在细节中，时间才能书写。"从最小的、最深刻的也是剪裁得最精致的基石上竖立起最高大的建筑，从而要在对零星个别环节的分析中发现总体事件的结晶。"（本雅明）《追忆似水年华》是一部在充满细节的世界诞生的细节之书，人们可以通过这些细节去学习生活。

> 她面带那种行将一显身手的得意的微笑，拿来几个日本绸面垫子，搓搓揉揉，仿佛对这些值钱东西毫不在乎，然后把它们垫在斯万脑袋后面和脚底下。仆人进来把一盏盏灯一一放好，这些灯几乎全都装在中国瓷瓶里，有的单独一盏，有的两盏成双，都放在不同的家具上（也可以说是神龛上），在这冬季天已近黄昏的苍茫暮色中重现落日的景象，却显得更持久，更鲜艳，更亲切——这种景象也许可以使得伫立在马路上观赏橱窗中时隐时现的人群的一个恋人遐想不已。奥黛特这时一直盯着她的仆人，看他摆的灯是不是全都摆在应有的位置。她认为，哪怕只有一盏摆得不是地方，她的客厅的整体

效果就会遭到破坏，她那摆在铺着长毛绒的画架上的肖像上的光线就会不对劲儿。所以她急切地注视这笨家伙的一举一动，当他挨近她那唯恐遭到损坏而总是亲自擦拭的那对花瓶架时，就严厉地申斥他，赶紧走上前去看看花是否被他碰坏。她觉得她那些中国小摆设全都有“逗人”的形态，而兰花，特别是卡特来兰，也是一样，这种花跟菊花是她最喜爱的花，因为这些花跟平常的花不同，仿佛是用丝绸、用缎子做的一样。她指着一朵兰花对斯万说：“这朵兰花仿佛是从我斗篷衬里上铰下来似的。”话中带着对这种如此雅致的花的一番敬意；它是大自然赐给她的一个漂亮的、意想不到的姐妹，在实际生活中难以觅得，而它又是如此优雅，比许多妇女都更尊贵。因此她在客厅中给它以一席之地。她又让他看画在花瓶上或者绣在帐幕上的吐着火舌的龙、一束兰花的花冠，跟玉蟾蜍一起摆在壁炉架上的那匹眼睛嵌有宝石的银镶单峰驼……”（普鲁斯特《追忆似水年华》）

雅克琳夫人的午餐做好了，那是一条沙滩般白皙的欧鲌，躺在一张锡纸上，闭着眼。她放了一点胡椒粉，几乎没放盐，非常可口。

巴黎·在雨果故居

米黄色的孚日广场　一套老式的餐具　沉浸在
19 世纪的沼泽中　哦　不朽的世纪
天才们施工的教堂　巨大的阴影随着时间延伸
把脆弱的旧美学　在革命的牙齿下　完整地庇护
与雨果当年　所见者相似
有雾的秋天　像幽灵们的颜料　散布在潮湿的梧桐树中
晦暗不明的窗子　像是一个个冻结的阴谋
这么长的岁月　可以肯定　每一个房间
都住过风流情种　浪荡酒徒　策划过对皇帝或党的背叛

巴尔扎克或者别的什么人　在露天的柱廊下
用长手指把咖啡搅动　嚼着油炸的土豆片和烤面包
被钻进牙心的苹果酱　弄得久久的痛苦　一排小牙签
像白日的萤火虫　照亮着　巴黎下午　松弛的硬腭
我相信　再过一会儿　高老头
马上就会从一个漆黑的门洞里出来　借给我 100 法郎

张望中　忽然发现　其中一道门　就是雨果的故居
脚步有些迟疑　不知道这地方　该不该来
在巴黎　不能不想起雨果

永远难忘19岁　青年铆工　缩在车间的工具箱后面
共和国的阴暗角落　读《九三年》
成了灵魂堕落的人　再也听不见　时代的高音喇叭
禁书　翻散了页　3天必须读完　后面还有同志要看
鬼迷心窍　陷入旺岱式的骚乱中　我崇拜的不是作家
　雨果
而是教士西穆尔登　“他憎恨扯谎　憎恨专制体制
他憎恨现在　他高声叫唤将来……”
哦　法兰西和雨果　一度是有抱负的年轻人
镇压平庸　向高雅谈吐和叛逆的勇气　靠拢的　介词
而现在　维克多·雨果　另一类风格的作者　寓居巴黎
他的诗　我读过

当年瘦精干巴的读者　多少有些发福
在昏暗的楼梯上　喘着气绊了一跤　被松动的钉子
　划破了裤脚
是来向一位法语诗人　致敬　还是想窥见
浪漫主义的另一张脸　是如何在试衣镜中　顾影自怜?
想象中　这儿　应该是《悲惨世界》的一幕　却发现
一位多才多艺的老贵族　和他的手稿　孤独地陈列在
二楼　一群黑色的椅子中间

光泽精致　气氛高雅　旧家当价值连城　但无疑
这一切　精心设计的　不是凶年的道具　而是伯爵
日常生活之场景　像街坊一样　庸俗　爱慕虚荣　追求享受
上帝的宠儿　天才要有　权力要有　声色犬马要有　千秋万岁名
要有　文是否如其人　这很难讲　打造永恒的智慧
一向不选择摇篮　不选择　工作场地　大师
可以发迹于钟鸣鼎食之家　也可以屈尊在　小珂赛特家　对门
但要有三位老师　一个母亲　一个教士　一个花园

想象得到　这个有闲人在写作之余　是如何　日复一日
挪动家具　调整窗帘　更换什物　才在世界和他的卧室之间
获得一种私人的　距离　孚日广场6号
既是一个大逆不道的诗人　遣词造句　超凡脱俗的作坊
也是巴黎的二流政客　推心置腹　营私舞弊的　密室
猩红色的客厅里　似乎能听见议员雨果　在中国屏风后面
穿着丝绒拖鞋　端着一只水晶酒杯　转过狮子般的头来

用鹅的声音问道　“最近　有什么消息？”

我试着　在他的写字台前坐坐　也许　会捉住另一种犀牛
但不能　那椅子的曲线　仅仅能令一个人的身材　得体
别人　要么是吊着两条短腿　要么是硌着骨刺　魂不守舍　只能做作
我走近他的窗户　想看看那是怎样的风云在变幻
没有风　只有一些秋天的云　老样子　仿佛布满灰尘　一动不动
下面　像一部新小说描写的景物　从上往下　依次是
树梢　屋顶　砖墙　窗户　街道　光线不好　没有看清颜色
——1996 年 6 月 23 日

32

2004 年 5 月 1 日

无边无际的门，而且大多数总是关着。随手关门真是一个好习惯。每个门都不一样，就像人们的脸，除了它们都是长方形的。有些门已经要烂了，还在用。无数的前门、后门、偏门、旁门（左道），巴黎并没有君子行不由径这种传统。门的朝向五花八门，并不怎么在乎朝向。在东方，门是隐喻性的，后门名声不好，那不是正大光明之门，私下里使用频繁。各种各样的门通着不同的地点，可以从 17 世纪的门进去，从 19 世纪的门出来，从 18 世纪的门进入一栋公寓，从 20 世纪的门进入某个房间。多年前，我在让蒂依小住，那一带有各种时代的门，我住在金佳家里，他租的房子是 19 世纪的，我从未见过他的邻居，仿佛他们一搬进来就倒地死去。我怀疑那些幽暗走道里的铁一样纹丝不动的门，如果打开的话，里面躺着的会是僵尸。铁一样坚固的私有制保证这些房间永远不能被他人打开。那时候还是用座机，电话一响，仿佛是这楼房里活着的一只野兽在叫唤。我们有时候在让蒂依散步，金佳想着他的长诗，后来他写出来了，就叫《让蒂依》。我对着一个门面拍照，它有点哀怨，像一位昆明祖父的脸。突然门缝里闪出来一个矮个子白头发的壮汉，大吼着，这是我的门，你不能拍！巴黎有些原住民对游客深恶痛绝，这些手持照相机、探头探脑的家伙将一切都视为博物馆的展品，包括人。无可奈何，谁叫你是巴黎呢！他来晚了一步，我已经拍完了。我们继续走，我的相机就像一只患着湿疹的脚，总是在发痒，必须时常脱掉鞋子去搔抓。我们穿过克林姆林比赛特尔大学医院，“克林姆林”这个名字来自本地一个参加过拿破仑侵俄战争的老兵的酒馆。这个庞大如迷宫的医院早先是一座驻扎军队的城堡，里面有军营、监狱、疯人院和医院。一些房间住着军人，一些房间关着要犯，一些房间住着病人，一些房间关着疯子，大家共守一个城堡。**1633**年，路易十三下令改为医院，里面的患者包括疯子、梅毒患者、传染病患者、病入膏肓的流浪汉、穷困潦倒的老兵、死不悔改的杀人犯、骗子、同性恋……我少年时代，昆明还没有疯人院，疯子都住在自己家里，他们睡完觉就甩着手在街巷里大摇大摆地走，唱着歌，还有人给他们食物。有个女疯子住在武成路一家冷饮店的楼上，每天打开窗子，站在那里梳头，总是在梳头。在汉语中，患者的含义与在西方语言里完全不同，它与自然差不多。在中医看来，仁者人也，没有什么不正常的人，只有阴阳不调。中医不是治疗，是调整。病入膏肓就是不治，可以治的都不是病，是自然，只是调理阴阳，重新齐物。中药都是大地产物，道法自然。治疗与修辞一样，修辞立其诚，大块假我以文章。二战后，克林姆林比赛特尔成为普通医院。

> 医院制定了一套制度来确定病人的实际人数，验明其身份和所属部队。然后，医院开始管理他们的进出情况；他们被强制待在病室中；每个床位都标明住院者的姓名；每个病人都被记录在册，医生巡视时必须参考记录。最后，医院开始对传染病人实行隔离和分床措施。渐渐地，一种行政和政治空间凭借着一个医疗空间而形成了。它倾向于区别对待各个肉体，各种疾病、症状，各种生与死。它构成了一个将各种单一物平行分列的真实表格。（福柯《规训与惩罚》）

只有巴黎会诞生福柯这样的作家，巴黎骨子里对“规训”身怀恐惧，天生不适，与别的革命追求控制人性不同，法国大革命骨子里反抗的是规训，追求的是自由、人道主义，通过守护、创造各种彼此矛盾的、公开的或私密的细节来反抗。福柯是巴黎最伟大的细节之一。克林姆林比赛特尔医院的建筑物是表格式的，如果不知就里，它就是一个几何迷宫。我们提心吊胆，探雷般地小心走着，担心着被当作疯子抓起来，还有比定罪一个疯子更简单的吗？其实很多年，我知道我都被我的单位内定为某种潜在的精神病，耳聋，不合群，极少参加集体联欢活动。金佳有点迷糊，我们在里面绕了很久。无数的门，虽然已经换过，但是依然像监狱那样排列着，编着号。星期六，里面空空荡荡，只看见玻璃后面的一些桌子和床，我们从 **17** 世纪的门进去，从 **20** 世纪的门出来，走了很久才穿过它。

一伙人围在一堵雕刻着工人形象的墙前面开会，举着红旗，镰刀斧头，拉着横幅，像红卫兵一样喊口号，唱《国际歌》，像是巴黎公社的幽灵一晃。转过另一条街，涌过来几个印度教教徒模样的人，停在一家鞋店门口，披着橘黄色长袍，白布缠头，敲着鼓，弹着琴，唱着什么，嚷着，蹦跳着，手舞足蹈。与刚才那伙工人阶级似乎是两个星球的人，语言不同，但身体的动作相似。

33

2015年6月13日

卢浮宫后面有个小教堂，里面的壁画极美。教堂的厕所在修，可以去隔壁警察局方便。于是从教堂进入了警察局，第一次走这条道。警察局不是戒备森严的地方，松弛，漫不经心，闲人也可以溜进去，犯个小罪，比如顺手牵羊。高阔的走廊，无数的办公室，一模一样的门，有些办公室的门开着，看得见职员在看一堆纸，胖的黑人在走廊里走过，外人要找到洗手间真是大海捞针。许多卫生间都贴着封条，进来方便的人多，把它们用坏了。问了两个警察，一个指这头，一个指那头，他们熟悉的卫生间不是同一个。我害怕警察，虽然我从未犯罪，这是一种后天形成的生理反应，仪表堂堂的巴黎警察比警察更像警察，他们雄赳赳气昂昂，在过道上目不斜视，庄重而快速地走着，像都怀有紧急任务的样子。急匆匆走了很久，没有找到想象中的卫生间，只好慢下来散步，已经忘记了这是警察局。这栋建筑物像是宫殿，圆柱，浮雕。直到一位警察有点怜惜地带我走去一个洗手间，我们一语不发，心事重重，仿佛我是一个刚刚被抓获的毛贼。我担心他不明白我那通手势是要去洗手间而不是审讯室，我厚颜无耻地扯了下裤裆，做出某种全世界通行的小便急者都会涌现的表情，他明白了。洗手间的门很重，与会议室的门一样庄重厚实，门把上有一点水。已经用了很多年头了，小便池比杜尚用来做作品的那个还老派。糊着绿锈的龙头在漏水，镜子里出现一个模糊不清、心满意足的家伙。那位警察离开又回来，他忘记了自己也想小便，那种表情。

> 一个异乡人在巴黎就像回到自己的家里，这是因为在这个城市里，他可以像住在他自己的四面墙里一样自由自在。而且只有当一个人住在公寓里，并把它收拾得很舒服，确实是住在里面而不是仅仅睡觉、吃饭和工作时，这样才算生活在城市中；他或者漫无目的地穿过城市，或者安安心心地坐在沿街无数的咖啡馆里，看着城市生活和面前行走的人群缓缓流逝。今天，巴黎是所有大城市中唯一可以让人惬意地走完全城的地方，在城市的生气上，它比其他任何城市都更依赖于大街上走过的人们，所以，说现代机动交通工具威胁了它的这一存在，倒不仅仅是为了技术上的原因。美国郊区的荒地，以及很多城镇的居民区恰恰是巴黎的反面，在那儿，所有街市生活所需的道路、可以散步的人行道，现在都缩小成小路，走好几里都见不到个人影。其他城市似乎只是勉强允许游荡、懒散、闲逛的社会废物存在，而在巴黎，实际上它的街道邀请人人都这样做。所以，从第二帝国

起，巴黎就成了所有那些不为生计奔忙，不谋求职业，不想达到什么目的的人的天堂——波西米亚人的天堂，这些人不仅包括艺术家和作家，还包括所有那些流离失所、没有地位、无法被政治和社会整合的人。(汉娜·阿伦特《瓦尔特·本雅明》)

巴黎人对红灯很不耐烦，两头看看没有车，挺身而去。老太太在后面骂骂咧咧。

34

2014年10月4日

巴黎诗歌之家，在蓬皮杜中心附近的莫里哀小巷里，这是一条18世纪的小巷，石头铺的路面，几分钟就可以穿过去另一条街。小巷里有一家首饰店，咖啡馆和一家卖母亲、祖母穿的漂亮衣服的小店，时装不仅仅是青春的、风骚的，也是熟透的、稳重的、老迈的。稳重朴素的时尚而不是轻浮的时尚，这才是巴黎。白发苍苍涂着口红的老妇蹒跚而来，站在玻璃窗前看那些令她动心的裙子。她看了一阵，没进去，而是转过身进了诗歌之家，她是来听我朗诵诗歌的。这个下午，谁家在烤面包，面包香在小巷里弥漫着，就像我少年时代那些金色的下午，外祖母的下午。她总是在下午3点左右出门，穿过铁局巷，穿过坐在人行道上一个接一个的货郎，有个来自宜良县的农民在卖荷花。她走去电影院旁边的燕鸿居吃一碗红油水饺。那馆子里可以听见有人在唱滇剧，拉二胡，随地吐痰。巴黎的这种下午从未被改动过，自从法国大革命以来，生活一直在继续，即使在德国人占领巴黎的时代，沙龙、时装、烤面包、卢浮宫或者先贤祠也从未停止。抵抗的抵抗，流亡的流亡，背叛的背叛，生活的生活，写作的写作，喝咖啡的喝咖啡，做爱的做爱，打架的打架，这就是巴黎，根深蒂固的多元之都。就是

1968年的革命，也并非全城出动，站在阳台上观景并不会被视为可耻，选择而已，这就是巴黎。这条小巷连接着两条街，这头热闹非凡，一家接一家的咖啡馆、酒吧，沿街都是无所事事坐着边看街景边喝着什么的闲人，那头却冷清许多，摩托爆炸般地疾驰而去。二楼的窗帘后面，有时候出现一位走到窗口来接手机的青年。手机在巴黎有点自惭形秽，接手机的人总是要道歉，很不好意思地捂着它溜到一边去接。基本看不见手机，它们躲着。

诗歌之家里面有个半圆形的小剧场，可以坐五六十人。还有一间客厅，来访巴黎的世界各地的诗人经常在此聚会。我将在这里朗诵《0档案》片段和其他诗。入场要买票，5欧元。我的3部法语诗集已经排列在入口的桌子上，朗诵会将由诗人米歇尔·德吉主持。3点，德吉来了，我们一见面就彼此认出。他还在感冒，穿着黑色的大衣，围着一条灰色的羊绒围巾，戴着助听器，满面沧桑，就像一块巴黎圣母院里面被越过画着圣像的彩色玻璃窗的光线照亮的苍白石块上忽然出现的脸。德吉80岁，俨然是巴黎诗歌教父，在法国诗坛一言九鼎（有人这么评论他）。作家卡都来了，阿尔及利亚诗人安敏也从阿尔及尔赶来（我们在哥伦比亚的麦德林诗歌节相识，他说他要来巴黎参加我的诗歌朗诵会，居然真的来了）。尚德兰，小巧玲珑的妇人，第一次见面，她翻译的我的诗集《被暗示的玫瑰》刚刚出版。还有许多巴黎文人，写诗的、画画的、记者……傅杰为我介绍了几个，都记不住名字。活动包括两部分，朗诵和讨论。我先朗诵汉语，然后其他人朗诵法语。高度安静，人们在黑暗中听着。西方语言与汉语最大的区别，就是它没有字，字母是可以只闭上眼睛听的，汉字不行，你得看，如果他听不清，还要书空（这是汉语特有的学习汉字的行为，小学上课时，老师教每个字，我们都要用手在空气中书写这个字，横竖撇捺……）。如果像兰波那样注重声音，诗只有简单化。这是哪一个字？这是汉语最基本的问题。声音可以将兰波带出上帝的管辖。横竖撇捺无法突破，徐冰的尝试只是恶作剧。拼音没有字的限制，因此说话发音一定要准确，发音不准就是文盲。汉语则允许含糊其辞，字写清楚就行了，不能有错别字。这种朗诵会太一本正经了，有点干巴巴的，诗歌是一个个文本对象。中国的朗诵会以玩为主，诗次之。大家更愿意看字，朗诵现场主要是用来交际的。

我在台上。左边是德吉、尚德兰、巴黎作家卡都，右边是傅杰、穆萨和李金佳。我有点别扭，脚不知道怎么放。我念了《墙》《这黑暗是绝对的实体》，尚德兰念法语；之后念《0档案》的两段，此诗的译者李金佳念法语；之后念傅杰翻译的《世界啊，你进来吧》；最后念了《飞行》的节选。我将在法国各地举办8场个人朗诵会，每场选择哪些诗，也意味着我是哪一位诗人。我在语言中扮演过多种角色，有时候是黑暗的、悲剧的，有时候是诙谐的、喜剧的，有时候抒情、忧伤，更多时候不动声色。如果朗诵《便条集》，下面通常笑声一片；而朗诵《飞行》，则有正剧的效果。《人道报》的记者阿兰说，《飞行》是两种时间观的冲突，线性的和循环的。我终于念完了我的诗。这个地方不适合念诗，它只适合开会。法国人也许没意识到这一点。我少年时代变声没有完成，嗓子仿佛被砂纸打过，嘶哑、柔弱、胆怯而迟疑。这种嗓子经常被嘲笑，口齿不清、大舌头等等。那些口齿清楚者以模仿我的口音而获得优越感，我知道，而这就是我的舌头。此地的听众却喜欢这种磁性的声音，缺陷被误读、曲解为魅力。这个法国剧场给我一种安全感，它能容忍各种声音。不止一位听众喜欢我的声音，许多人说好听，这令我怀疑，这是我的那条昆明声带吗？另一次在国内某地朗诵，气壮如牛的听众嫌我朗诵声音太小，他们要求自己朗诵一番，走上来的人气壮如牛，用播音员的洪亮嗓门吼叫了我的诗。我的诗大部分时候是沙哑的，这是恐惧的结果。我也许总是像一只老鼠那样念念有词，自信自己有啮嚼硬物的能力。遥远的童年时代的下午，我独自躺在摇篮床上，那时候我听力还未被链霉素破坏，我听见一只老鼠在大橱柜里唱歌，过了五年，它已经把那黄杨木柜子的一条方咬成了废墟。

德吉说，如果要讨论这些诗的内容，那要花很多时间。他请我谈谈我诗的韵律是怎样的，他说听起来有很强的音乐感，而且有许多头韵。我解释了新诗与古诗韵律的不同，我说到内韵，诗是一种语言的自由、解放。我很讲究诗的内韵，呼吸般的内在节奏，当然也是在大量修改中才完成的，并非一气呵成。在汉语中，修改相当重要，汉语是一种迷宫，只有在修改中，你才逐步接近你真正要说的。卡都说，头韵在西方现代诗歌里已经消失了，只有在古代的民间歌谣里才有，在他家乡的民间歌谣里还存在。这个我倒是没有注意到，我想这是汉语的本能，新诗的解放就是回到语言的开始。头韵在格律诗中也不常见。之后，大家站在客厅里攀谈良久，然后德吉请我们去一间酒吧喝点酒。我们来到蓬皮杜艺术中心旁边的一家酒吧，德吉点了葡萄酒、鹅肝酱、奶酪和小饼干。隔着玻璃窗可以看见蓬皮杜艺术中心前面的广场，许多波西米亚人或者装成波西米亚族的人躺在那里，那块巨大的广场，自建成以来，就一直是世界各地前卫艺术家们的毯子。德吉说，他写作没有规律，有时候他睡觉时忽然爬起来写一点，然后继续睡。他说，他今年又写了一本诗。这个下午，有成千上万的人在音乐会、剧院、酒吧、电影院、展览馆、美术馆、沙龙、咖啡馆进进出出，每时每刻，巴黎都创造着歌剧、音乐、电影、绘画、舞蹈、戏剧、诗歌等等，一个塞纳河畔的巨大的艺术作坊。它的作者一个是看不见的时间，另一个是那些赶来巴黎写点什么的人们。巴黎比昨天更接近巴黎。莫里哀小巷的诗歌之家只是巴黎无边无际的艺术碎片中的一片，几十个人的聚会而已，就像那些19世纪老楼中的某扇窗子，被阳光瞬间击中，亮了一下，又迅速回到黑暗中。

左岸一家二手店里挤满了人，五光十色的鱼在那些纺织出来的海带之间游来游去。老板是个乳白色的胖子，仿佛长着巨大的奶子。他一边为我包裹一件皮背心，一边告诉我他也在写诗。我挂在身上的会标写着：Poetry。

一个 19 世纪留下的门洞里，黑暗的边缘坐着一位老妇人，周身的首饰在点点发光，血红的嘴唇，像伏尔泰那样望着外面的街道，我看了一眼。

在一家意大利小店买到一件羊皮外衣，灰色的，某种剩下来雾。

在一条街上的橱窗里，躺着一只镶着黄边的墨镜，就像蒙德里安画的忧郁的船。

> 回到事物本身，就是回到被认识所惯常谈论的认识之前的那个世界，相对于这个世界，整个科学的规定性都是抽象的、符号化的和不能独立存在的，就如同地理学之相对于自然风光一样——在后者那里，我们首先知晓的是一片森林、一方草地和一条河流。（梅洛 - 庞蒂）

在巴黎，你会遇到梅洛 - 庞蒂这种哲学家，你也会遇到热内、罗兰 · 巴特、福柯或者卢梭，但你不会遇到康德或者柏拉图。"一位崇拜者免费将一套公寓借给乔伊斯供夏天和初秋使用，另一位则给了他三大装备：一张特别大的床、一张写字桌和一件暖和的大衣。"（乔伊斯《尤利西斯自述》）

罗兰·巴特之死

1980 年 2 月 25 日
罗兰·巴特离开一场宴会　下了楼梯
迈着天生狮步　走回法兰西学院　他的
语言学荒野　他的符号学夜总会　无人上课
的教室　幽灵们摸黑记着笔记　途中《偶遇
琐事》教授在斑马线被一辆送货卡车撞倒
“人类最古老的消遣”　哦　袭击思想的狮子
多么容易　它仅仅沉浸于自己的步态　长着
只能嚼碎隐喻的牙齿　从不躲闪来自修辞的
暗杀　车祸现场就像一首俳句　肇事者猛踩
刹车　语词的洪流戛然而止　大理石舌头
喷出来　这种火焰只能烫伤墓志铭　不会伤及
稿纸　那时　花神咖啡馆　有杯红酒被白袖子
绊倒　“炉子上正炖着什么　厨房很窄小
必须不时起身开锅”［（法）埃里克·马尔蒂］
那时　他母亲在天上等他　有只疯鸽子第一次
听见教堂钟声　有条裂缝长出刺　野叉叉地
将先贤祠橡木座位上一袭过期长袍　刮破了
“一切阐释都是无意义的”“好像活着已经
令他厌倦”120 未发现伤员有任何证件

为永恒评定职称的元老院乘机将徽章别入大海
安静的胸脯　直到米歇尔·福柯赶来确认
这场风波　属于《零度写作》抽象的字母被
指认为一具身体　将那只苍老的左手放进白被单
担架抬走了头破血流　没有妈妈的男子“主体
被悬吊在与异体的映照中”人们没抢救那本
精装的《文本之愉悦》第6版　出事前作家
夹在腋下　倒地后甩手飞出　在巴黎低沉的天空里
扇了一阵翅膀　落在斑马线的第十三道
烫金小门合起来　轻得就像男朋友间的《恋人
絮语》几乎听不见　与大师的声誉不符
——2012年12月13日

35

2016 年 12 月 29 日

成为流浪汉是必然的，即使你囊中饱满，即使你是巴黎居民，也难以避免这种流浪的命运，你必然生活在浮光掠影中，巴黎将浮光掠影变成了深刻，这件作品永远在生长着意义、细节，这种生长不是朝着空间的蔓延，而是向着时间的生长。要跟随这些意义，你只能浮光掠影，巴黎是一种移动着的、走马观花的深刻，而不是凝固的、死掉的、像尼罗河法老陵墓那样的深刻。一切都走向老迈而不是衰亡。事物诞生，永恒地老去而不死去，那些老去的事物弥漫在空气中，令巴黎“胡话连篇冗长混乱”。某些部分，巴黎犹如一部《尤利西斯》式的长篇小说；某些部分，则像是《左传》或者《世说新语》，混杂着叙述、解释、思辨、诗歌、短篇小说和箴言……某些街区整日轰轰烈烈，就像没完没了的萨满教祭祀，各种转瞬即逝的偶像此起彼伏。“言之不足，故嗟叹之；嗟叹之不足，故咏歌之；咏歌之不足，不知手之舞之，足之蹈之也。”某些街区就像巴黎公社起义那样已经被幽灵占领，死气沉沉，空无一人。我曾经跟着菲利普和菲奥娜漫步在巴黎左岸的一个街区，我们在黄昏时遇到一对大门，上面刻着死神的雕像，那个刻下它的木匠早已死了，这美丽的死神还活着。对面是一个犹太教教堂，一位神父看见我抬着照相机，挥手阻止了我。

沿着古老的城郊，那里的旧房
垂下百叶窗，遮蔽暗中的淫荡。
当烈日加倍把毒辣的光线
射向城市屋顶和麦浪田间，
我却要独自把梦幻之剑操练，
在街角巷尾捕捉韵脚的灵感，
难在遣词，像在石子路上磕绊，
有时沉吟很久，只是偶得诗眼。
——选自波德莱尔《恶之花》，冷杉 译

先贤祠的台阶上

倾听中世纪的壁画

中世纪博物馆的墙外

死神塔纳图斯

索邦大学的假期

在巴黎动物园

雕塑。狮子、母亲。巴黎想象中的体量，某种坚强、庞大、贞洁而又肥软、温柔、淫荡的

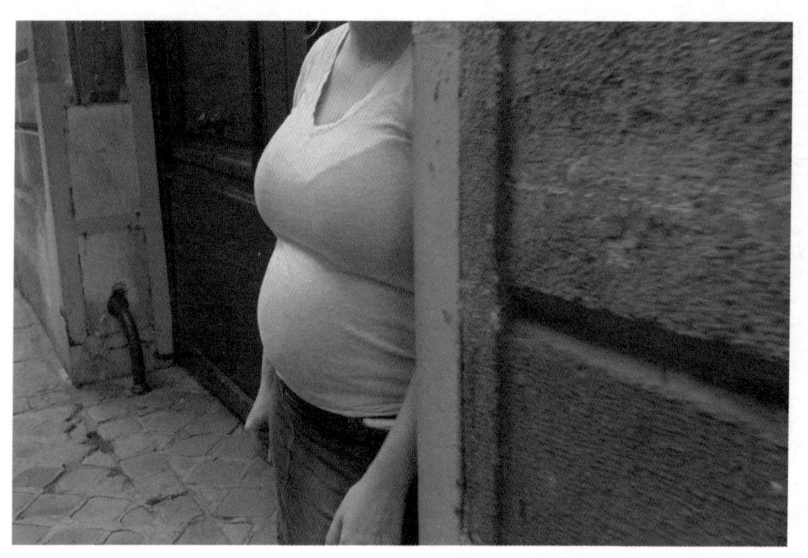

巨乳。某人的母亲或妻子，或者都不是

到家了

按了门铃

是他的家还是博物馆，不知道

出门

停车者

熟人相遇

事件：在一生中的某个时辰走过一条街

两条路，是哪一条？

36

2018 年 3 月 28 日

絮语、思维片段、想法、记录、见闻、观感、手记、便条，或者胡思乱想的意识流、张冠李戴，以及实地街拍。一个另类的巴黎，他憧憬的巴黎，虚构的巴黎，亲历的巴黎，已经辞世的巴黎，或者他愿意居于其中的巴黎。也许真有这个巴黎，也许没有。

37

2010 年 9 月 8 日

索邦大学旁边的勒穆瓦纳红衣主教路 **71** 号，一个大院门口，高高地钉着两块铜牌：

詹姆斯·乔伊斯（1882—1941）

爱尔兰英语作家，受瓦莱里·拉尔博的邀请，他在此完成他的小说《尤利西斯》，一部 20 世纪文学杰作。

瓦莱里·拉尔博（1881—1957）

诗人、小说家、随笔作家、翻译家，1919 年至 1937 年居住于此。

这个大院以前属于巴黎作家瓦莱里·拉尔博。

瓦莱里·拉尔博要到意大利去，自愿把房子借给乔伊斯无偿使用……房子……面积不大，但装修得很漂亮，距卢森堡公园只有 10 分钟的步行距离。拉尔博平素深居简出，从不在家会客，这一次在他可是非同小可的善举。乔伊斯一家在 6 月 3 日搬进了拉尔博的家，他们非常喜欢这个新的环境。乔伊斯在6月7日给弗兰奇尼的信中说："莫非我这人还是有点价值的？……他还列举了一些预订《尤利西斯》的显赫人物的名字。他在信的末尾含蓄地说："我已经成了一座纪念碑——不，是一个公用小便处。"

他信心十足地投入了第十七章《伊塔刻》和第十八章《珀涅罗珀》的写作，进展顺利。6月10日，他在新住所收到了达朗季埃寄来的第一批长条校样，到9月7日，他已经全部校完直到第九章《斯库拉与卡律布狄斯》为止的校样。对乔伊斯来说，读校样是一项创造性劳动，他坚持要校对五遍，根据自己的笔记对文字做了无数的改动，绝大部分是增补，在内心独白中添进更多前后呼应的细节，弄得越来越复杂。经过他的校对之后，这本书的篇幅增加了三分之一。(《乔伊斯传》)

巴黎就是在这种乔伊斯式的增补中成为巴黎的，而且它永远不会成为巴黎，而它总是在成为巴黎。

38

2010 年 9 月 10 日

我进入这个大院是去找住在里面的美国画家欧文·彼特林（Irving Petlin），我在美国的佛蒙特与他相识，他约我到巴黎时去他的画室为我画一幅素描。这个大院通过一道绿色的铁门与世隔绝，进去要先按门铃。里面是一个林木葱茏的花园。巴黎的大多数花园都藏在临街建筑物的后面，私家花园，公寓内部的花园，由外而进，你以为里面只是被忧郁的灯光照明着的某种内部，秘密会所，却突然洞开，花香鸟语，豁然开朗，与中国从前的四合院相似。勒穆瓦纳红衣主教路 **71** 号就是我少年时代在昆明去过的那种法式大院，我母亲在一个星期天的下午，穿着湖绿色的裙子，带着我进去，她的同事，一位语文教师住在这个院子里，她正在阳光下晾床单，我母亲就帮着她晾，她们拧着水，水珠滴在地上，满地的花叶，她们抖着，抻开，像是从天空中扯下一片云。我趁机在床单之间钻来钻去。花园中散布着几座黄色的两层楼房，屋顶上铺着红色陶瓦，房屋之间的空地上飘着床单。有人在某处暗暗地煎着什么，好像是鸡蛋；有人在弹钢琴；有人在睡觉；有些房间空着，看得见那些幽暗的灰。我并不知道《尤利西斯》是在这个院子里完成的，两年后，再次路过的时候我才注意到那两个牌子。《尤利西斯》应该在什么地方完成？海底、宇宙深处、耶路撒冷，还是鲁滨孙的荒岛？一个有笔和床的小房间而已，凡·高画过，就在这个院子里。一位金发姑娘从一棵梧桐树下面走出来，她的手上枕着方才晾在院子里的被单，像一位修女。有只花纹古老的猫盘在一个竹编垫子上睡觉，两只鸟一高一低地在一棵栗子树上啄着。院子里除了栗树，还有梧桐、梨树、普罗旺斯朴树、香根鸢尾、百合等，很多树木。玫瑰，有一朵被蜜蜂咬得血淋淋的。

彼特林的画室在二楼，十多平方米，就像一个药房，刺鼻，五颜六色的瘪掉的锡皮管、纸、画架、亚麻布、未完成的作品、平头油画笔刺猬一样张开在一个大罐里……他是美国人，在巴黎画画。他说，这儿给他灵感。他画某种素描和色彩拼贴在一起的东西，貌似大海、神灵、太阳、树木、城市线条……像个童话世界的老头，他也画诗人，他画过保罗·策兰。保罗·策兰也在巴黎住过，**1970** 年 **4** 月，策兰从米拉波桥投进塞纳河自尽。“我向着法国的三色旗致礼。”（保罗·策兰《下午，和马戏团及城堡在一起》）一只鸟在外面的屋檐下扬着脖子叫唤，窗子外面是一片红色的屋顶和天空，天空是铅灰色的。我坐在那里，平生第一次当模特儿。我不知道乔伊斯曾经在这里写《尤利西斯》，就在这样的小房间里。还应该有厨房和厕所，乔伊斯是写厨房和厕所的大师。

水确实烧开了，壶里正冒着一缕状似羽毛的热气。他烫了烫茶壶，涮了一遍，放进满满四调羹茶叶，斜提着开水壶往里灌。沏好了，他就把开水壶挪开，将锅平放在煤火上，望着那团黄油滑溜并融化。当他打开那包腰子时，猫儿贪馋地朝他喵喵叫起来。要是肉食喂多了，它就不逮耗子啦。哦，猫儿不肯吃猪肉。给点儿清真食品吧。来。他把沾着血迹的纸丢给它，并且将腰子放进嗞嗞啦啦响着的黄油汁里。还得加上点儿胡椒粉。他让盛在有缺口的蛋杯里的胡椒粉从他的指缝间绕着圈儿撒了下来。

他不急于出恭，从从容容地读完第一栏，虽有便意却又憋着，开始读第二栏。然而读到一半，就再也憋不住了。于是就一边读着一边让粪便静静地排出。他仍旧耐心地读着，昨天那轻微的便秘完全畅通了。但愿块头不要太大，不然，痔疮又会犯了。（乔伊斯《尤利西斯》）

美不是固定的观念，那些美文首先是笔迹。丑恶、粪便这样的字眼，王羲之，颜真卿写出来，那就是美，就是好。人们写了多少亮词丽句编织成的丑恶情歌和风景诗哪！乔治·穆尔不欣赏他这位年轻同胞的作品。

“拿这个爱尔兰人乔伊斯来说吧，”他对巴雷特·克拉克说，“有一点像左拉走了下坡路。最近有人寄给我一本《尤利西斯》。据说我非看不可，但这玩意儿叫人怎么看得下去？我东看一点，西看一点，可是我的天呀，真把我烦死了。乔伊斯大概认为他印出了这么多肮脏小字就算一个大小说家了。……乔伊斯，乔伊斯，这根本是不值一提的角色——从都柏林码头上来的，没有身份，没有教养。”（《乔伊斯传》）

在巴黎，住过乔伊斯这种从前的小人物的地方可太多了，随便住个旅馆，偶尔聊起来，人家就告诉你这是加西亚·马尔克斯穷困潦倒时住过的阁楼，那是海明威发酒疯之后睡过的床，这是魏尔伦和兰波苟且为生的小屋……据说乔伊斯在巴黎住过十几个地方，那些即将骨折的床呢？那些残留着干掉的皂液的盒子呢？那些洁白得可疑的马桶盖呢？他安于写作，才不在乎住在哪里。巴黎是一个巨大的寓所，住哪里都行。哪里都可以看见那些灰鸽子咕咕叫着从天空里滚下来。乌鸦也带着不祥的镣铐到处乱走。巴黎从不忌讳不祥。运气好的话，今晚还躺在塞纳河畔的一块石头上瑟瑟发抖的你，明天晚上却睡在一处宫殿里。“普鲁斯特让塞莱斯特务必准备好一切，例如那把她从小客厅拿过来的栗色天鹅绒长扶手椅，这样他便能舒服地躺在上面聆听。”

愚蠢、谬误、罪恶、贪婪，
占据我们的灵魂，折磨我们的肉体，
我们哺育我们那令人愉快的悔恨，
犹如乞丐养活他们的虱子。

我们的罪恶顽固不化，我们的悔恨软弱无力，
我们为自己的忏悔开出昂贵的价钱，
我们欢快地折回泥泞的道路，
以为廉价的眼泪能洗去我们所有的污迹。

在恶的枕头上，撒旦像赫尔墨斯一般，
久久催眠着我们着了魔的头脑。
——选自波德莱尔《恶之花》，徐芜城 译

39

2014年9月3日

巴黎的魅力就在于它热爱光明也不拒绝黑暗，天堂与地狱共存一区，彼此交融，巴黎永远也不会驱除钟楼怪人，他的存在是天使的人性根源。阴阳交错在两极之间保持着一个巨大的“之间”。黑暗并非必须清除的负面力量，黑暗也构建着巴黎的魅力。

如果强奸、投毒、凶杀、纵火
还没有把它们那可爱的图案，
绣上我们可怜的生活这陈旧的粗布，
那是因为我们的灵魂还不够大胆。
——选自波德莱尔《恶之花》，徐芜城 译

欧文·彼特林花了一小时勾勒了我的肖像，然后我就告辞了。我很想去看看他的厨房，但是我没吭声，这个世界就是如此，你可以正大光明地要求参观客厅、书房、工作室，甚至卧室，但是厨房，“君子远庖厨”，难以启齿。

四年后，我再次路过勒穆瓦纳红衣主教路71号，大门关着。那位作家已经停笔，世界依然如故。此刻世界上不会有几个人在看乔伊斯的小说，但不妨他的作品继续存在，就像院子里那些树，谁关心它们？但它们总是在那儿或别处。大门再次打开，走出来一个戴头巾的女仆，她牵着一个小孩。

40

2018年2月18日

巴黎的基础是来自塞纳河流过的朗格勒高原上的石头，垒外墙的一般是米黄色的石灰岩。从这些石头中生长出亨利·卢梭、席里柯、德拉克洛瓦、圣－桑、莫泊桑、司汤达、夏多布里昂、兰波、魏尔伦、普鲁斯特、波伏娃……各种各样的博物馆、咖啡店、书店、花店、古董店、花园……最后，都成了巴黎的矿物质，就像地质运动造就的贵金属，一块块镶嵌在巴黎的黑暗地层中。铺地的是灰石帕维（pavé），帕维铺遍巴黎，这些拳头大小、质地粗糙、可以磨砺利器的石块曾经翻天覆地，1968年被年轻人一块块撬出来握在手中，掷向体制。“挺身向世界而出。”（梅洛－庞蒂）巴黎暗藏的火山喷发，满地碎石滚滚。革命不仅仅是一堆观念，革命者像那些铺路工一样，成为劳动者，将石头一个个撬出来，抛掷到五米开外。只是劳动的方向不一样，一个铺就秩序，让市政当局规定的道路通畅，另一个破坏。那几个星期，巴黎城重新行走艰难，回到大地上。革命之后，又花了几年工夫将它们一块块铺回去。有人收集“帕维”放到网上卖，卖到80欧元。法国记者洛朗·若弗兰（Laurent Joffrin）指出：“从5月24日起，学生运动便失去了人心。到5月30日，运动加速超越历史，接着便敲响了戴高乐起死回生的钟声。……运动没有表明多元化的旧民主制度和混合经济已经衰竭，相反巩固了这种制度和经济。”

巨大的岩石
搬运到平原上
为国家奠基
小块的玉
打磨于砂轮间
将要取悦夫人的手腕
无论被改造成庸俗或者尊贵
永恒是必然的
——2014年9月11日

41

2014年9月28日

有一块巨岩叫作巴尔扎克。我跟着潜水员野狗，走去塞纳河畔一处悬崖下面的巴尔扎克故居，野狗小时候来过，我跟着他到处找，他需要整理记忆，这种记忆与导游唯利是图的记忆不同，他得先回忆起一个足球落在某处，一个水坑是在哪里淤积着烂泥，是的，那边，就是那道门，他的伤疤。现在看不出是悬崖了，修了楼梯，再往前走是塞纳河，外面是花园，木靠椅上有人在晒太阳，仿佛他们是某种刚刚被洗过的织物。故居里面有罗丹用石膏塑的巴尔扎克睡衣的雕像，立在阴暗的房间里，相当白，像是一具站着的尸体。罗丹的雕塑太写实了，只是比蜡像粗糙一些。他的《加莱义民》令人震撼，令人震撼的谴责和捍卫，即使你不知道那谴责和捍卫的具体对象，他塑造了谴责和捍卫本身。法国爱憎分明，这不是一个暧昧的国家。巴尔扎克画了那么多字母，大部分已经失踪，还剩几页落在展柜里，草稿，疯狂的草稿。我印象深刻的是“外省”这两个字。巴尔扎克使“外省”从庸常中脱颖而出，赋予它一种波西米亚、先锋派的味道。《外省生活之场景》，我在七十年代读过。“外省”一直激励着我，外省意味着遥远、野性、野心、傲慢、夜郎自大、疏离感、遗弃感、局外人、孤独的奋斗、“牛犊不怕虎”、忽略、疯狂、天生的反抗、嫉妒……巴黎天才都来自法国外省，这些五湖四海的“于连”对巴黎朝思暮想，就像唐代的中国才子梦想着长安。而另一方面，真正的天才也尽量疏远巴黎，以赢得巴黎这个文明的最高核准当局的永远垂青、臣服。塞尚漠视巴黎，凡·高疏远巴黎，巴尔蒂斯远离巴黎，兰波抛弃巴黎……他们假惺惺地说什么“生活在别处”（兰波），最终只是为了进入卢浮宫或者先贤祠那不朽者的行列。文字已经不重要了，外省人巴尔扎克已经成为巴黎的一部分，与葡萄酒、奶酪、羊角面包、卢浮宫、乌鸦、咖啡馆、跳蚤市场、巴黎圣母院、塞纳河……一道组成巴黎。他会不会在写不动的时候，站在某一扇窗子前像一位古代中国的作者那样，去塞纳河泛舟？没有这方面的记录。他喝咖啡，彻夜地喝大量的咖啡，咖啡支持他的写作，这种饮料比墨水还重要。最后这种接近黑夜的饮料也毁灭了他。

> 巴尔扎克的写作是一种饥渴的写作。写作中的饥渴像愈来愈浓的烈焰，驱使他成为一只写作的陀螺，在创作的进程中越转越快。他快要成为一台机器，不，就是一台写作的机器——那种不顾个人生命之危的进入状态的写作，以致最后他因深夜写作和用大量的咖啡刺激神经而导致了胃部损坏，以致最后他用来写作的手都不听使唤了……（莫洛亚《巴尔扎克传》）

在巴黎，你能不喝上一杯咖啡吗？即使你饮毕即亡。咖啡在其他地方是咖啡，在巴黎，咖啡是神灵的液体化。有一天，我与一位旅居巴黎20年的朋友经过兰波小巷附近的一家咖啡馆，我问，你有没有一个人坐在咖啡馆里喝过一杯，他愣了一下，没有，那么现在进去吧，然后我独自走了。

秋天的乌云飞渡巴黎，跟着乌鸦。有些事物将留下抹不去的阴影，无人知道那是什么

即将抵达落脚点的乌鸦

有些动物在阴暗的房间里望着巴黎，远古驻巴黎的代表

他父亲在旁边的店里买东西

从乔伊斯故居出来，看见这两位

她走后

巴黎北站，有人在弹钢琴，正在听巴赫的腿

阴天，下午两点

黄昏中的一条街

几秒钟前，灯亮了

夏天夜晚的一条街道

42

2018 年 3 月 1 日

塞纳河源头在巴黎东南 275 公里处，海拔 470 多米的石灰岩丘陵地带，一个狭窄山谷里有一条小溪，沿溪而上有一个山洞，水就从这个洞流出来。远古高卢人传说，这个山洞里住着送水女神塞纳，塞纳河就以她的名字为名。塞纳河就是女神塞纳之河。这个起源决定了巴黎的混沌。塞纳河穿过朗格勒高原，两岸有无数的城堡、教堂、乡村、城市，随着启蒙运动的进程，塞纳河两岸已经文明化了，有些地方都看不见原始的河岸，被切割得整整齐齐的石块遮蔽起来。启蒙，也是对混沌的遮蔽。“日凿一窍，七日而浑沌死。”（庄周）经过数个世纪的风吹雨淋，水流的打磨、侵蚀，这些石头又回归原始。这个原始不是那个原始，这种原始是文明的原始，塞纳河作为这种原始之道的载体，一直滋润着巴黎。大地的洪流，也是精神的洪流。无论文明如何辉煌，这古老的河流依然来自它的源头。塞纳女神就像穿过巴黎的一头野兽，令巴黎永远不会断绝与大地的联系，总是在守成与决堤之间创造着。“江声浩荡，自屋后上升。”（罗曼·罗兰）只有天空是不够的，只有落日是不够的，只有教堂与宫殿是不够的，还必须有大地传来的气息，那种古老的喘息、涌动、浸润、潮湿，那种在春天中洗衣的美妇般丰满的水光。塞纳河穿过巴黎，巴黎环绕着它，簇拥着它，以一座座教堂、公寓、宅邸、花园、图书馆、咖啡店、街道、购物中心、美术馆、博物馆……而这些文明的产物无不渴望着野性，它们从这头巨兽的身体中一次次觉悟我是谁？我自何而来？我待在这里干什么？巴尔扎克为野兽辩护：

> 这居民是一只野兽……
>
> 他经常感到希望渺茫，这时他就和花豹玩耍。他终于能够辨别她各种不同的喊声，各种不同的眼光，他仔细琢磨了她金色袍子上各种不同的花斑。当他抓住她可怕的尾巴末端上那一簇毛时，她一声都不哼，他想数一数这簇毛有几个黑环和白环，在阳光下这些环像珠宝似的熠熠闪光，是十分高雅的装饰。他喜欢欣赏她优美柔和的线条，雪白的肚子，美丽的脑袋。不过他尤其喜欢在她嬉闹的时候欣赏她，她的敏捷，动作的矫健，总使他感到惊异；她跳跃、匍匐、滑行、隐蔽、攀援、打滚、蜷缩、腾飞扑跃，身腰之灵敏，使他赞赏不已。（巴尔扎克《沙漠里的爱情》）

巴黎一直持存着它的野性。泛神论者卢梭说："我们身患一种可以治好的病；我们生来是向善的，如果我们愿意改正，我们就得到自然的帮助。”（《爱弥尔》）日夜不停地穿过巴黎的塞纳河大神就是这种永不停止的“帮助”，它使巴黎极度文明，又极度原始。这种奇妙的悖论导致了巴黎的伟大混沌。塞纳河意味着浪漫主义、波西米亚、爱情、青春、远方、造反等等这些世界青春文化中的俗不可耐的主题词，它也意味着存在主义。

> 他们有时会对新一代人的做事方式感到困惑不解。1968 年 5 月 20 日，萨特向大约七千名占领了索邦大学大礼堂的学生发表了讲话。在所有想要参与其中的热忱知识分子中，萨特是被选中拿着话筒，向混乱的群众讲话的那一个，一如往常，他瘦小的身躯，很难被注意到，但他担纲此角的资格却是毋庸置疑的。他先出现在一扇窗户前，就像教皇站在梵蒂冈阳台上一样，对着庭院里的学生发表演讲，随后才被领进了挤满人的礼堂。学生们把里面挤得水泄不通，甚至还爬到了雕塑上。“有学生坐在了笛卡儿的臂弯上，有人坐在黎塞留的肩膀上。”波伏娃写道。安在过道柱子上的喇叭把演讲传送到了外面。一台电视摄影机出现了，但是学生们叫喊着要求把它弄走。尽管有话筒，为了让大家能听清楚，萨特不得不大吼着讲话，不过，人们慢慢安静了下来，开始聆听这位存在主义前辈的讲话。（莎拉·贝克韦尔《存在主义咖啡馆》）

虽然文明一再赋予巴黎某种世界本质、意义，甚至是彼此矛盾的意义，比如法国大革命和巴黎香水，但是塞纳河一直都是巴黎最基础的存在，巴黎的身体、开始。塞纳河总是令巴黎一夜之间就回到洪荒，一篇报道记载：

> 1910 年 1 月 20 日，塞纳河水位为 3.8 米。6 天之后，水位涨至 7.39 米。阿尔玛桥下的轻步兵雕像被水淹至脖项，成为当时巴黎人竞相参观的独特景观。此后，轻步兵雕像便成为衡量塞纳河水位的标尺。塞纳河水量上涨 8 倍，街道变为河流，出行均靠小船摆渡。1 月 28 日，塞纳河水位达到峰值：8.62 米。投入使用不到 10 年的巴黎地铁陷入瘫痪。

43

2004 年 8 月 27 日

巴黎的一处著名风景是塞纳河边的书摊，一些破旧的木箱子一排排悬挂在河边的石头围栏上。白天，书贩们跟着狗，不知从哪个角落里钻出来，箱子上的锁一把把打开，把书摆开。那些箱子很大，里面拿出来的东西，不仅是书，还有帘篷、凳子。可以立即安装起一个个防雨遮阳的棚子，收摊的时候，书和所有什物一起收进箱子里去，锁上。夜晚，一排排被雨水洗旧了的箱子挂在河畔，就像是一个个蜂箱。书摊子上都是些旧东西，旧书、旧照片、旧明信片、旧唱片等等，很有可能在里面找到一个 19 世纪的铁皮烟盒，或者一副镀银的老花眼镜；也有新东西，钥匙扣啦，画片啦，纪念品啦。这些书摊很懂什么是世界潮流，这个世界太右呢，它们就挂着些左派的东西，格瓦拉的相片啦，列侬的绝版唱片啦，马克思的手稿仿制品啦，嬉皮士的纪念衫啦，等等。这个世界朝右转呢，你会发现霍布斯、洛克、孟德斯鸠、托克维尔、洪堡等人的绝版书“漫不经心”地浮到了书架的表面。左派如今很时髦，很有旅游价值。巴黎的游客来自世界各地，大都是闲人，至少不是无产阶级，至少得有点知识，至少得对资产阶级的成功社会和那个在全球所向无敌的现代化有那么一点点无伤大雅的恶心，至少不喜欢点击手机而喜欢古老的翻阅这个动作。从前，《圣经》是被指头沾着口水翻开而不是点击的。所以，在塞纳河边翻书的人总是有点不同凡响，有点装模作样，有点像是在买卖毒品，确实是毒品，许多书这个世界从未开禁。书贩很会迎合这种知识分子的过时虚荣，书摊上摆着的玩意，总是有点发霉的气味，以颜色发黄为荣，有点另类，有点波西米亚色彩，有点玩世不恭，有点感伤，有点怀旧；与诗歌、音乐、前卫戏剧、后现代哲学、同性恋、魅力、反抗与怀疑、先锋派、大麻什么的有着千丝万缕的关系。坐在书摊前面的老板多数是穿牛仔裤和皮夹克的中年人、老人，他们的衣着暗藏着昔日先锋派的时髦，陈旧但依然叛逆。把世界改造成嬉皮士乐园的激情消失了，深知消费社会之不可动摇，只好我行我素，天长日久，甘当犬儒（百度百科：原指古希腊犬儒学派的哲学家。他们提出绝对的个人精神自由，轻视一切社会虚套、习俗和文化规范，过着禁欲的简陋生活，被当时人讥为穷犬，故称。后亦泛指具有这些特点的人。其实犬儒在中国魏晋时代满街都是："夏侯太初尝倚柱作书。时大雨，霹雳破所倚柱，衣服焦然，神色无变，书亦如故。宾客左右，皆跌荡不得住"）。在巴黎，再也找不到 **1968** 年那场曾经有过"火劈里啪啦地烧。震耳欲聋的枪声。枪林弹雨如洪水骤至"这些场面的革命的丝毫痕迹；但从这些书摊上，你依稀可以感觉到那时代的魅力。萨特的肖像放在某个书架上，神色黯然，对于这个新世界来说，他已经来到这个有些没落的位置，他已经从时髦沦为古董。

1977年，昔日在地下东躲西藏的旧书开始露面了，昆明白云巷出现了一个旧书交换市场，拥有旧书的都是中年以上的人，那时候我二十多岁，还没有几本藏书，一有时间就去那个小巷奔走，慢慢地我有些自己的书了，我是多么热爱这个地方啊，在我的记忆里面，在那里换书的都是些人物，他们仿佛都是从巴黎塞纳河边的书摊赶来的，同样是衣着邋遢，同样是散发着书籍的霉味。这些人都是“文革”中暗藏下来的民间知识分子，工人、知青、百货公司的售货员、修脚匠、钟表匠、理发师、书店店员……大家说起法兰西、俄罗斯、希腊的文学，如数家珍，有些彼此炫耀的味道。可以在光天化日下如此喧嚣地谈论西方文学，简直像做梦，要知道，关于文学，我们已经像老鼠那样窃窃私语多年。这个自发的书市存在了两年多就烟消云散了，没有成为一个传统，到现在，昆明连卖旧书的书店都找不到了。

在靠近卢浮宫的那一段，遇见一位女书贩。老太太，穿着一身皱巴巴的衣服，内衣上裹着一条真丝的素红围巾，外衣上披着一条黑色的钩针蕾丝披肩，挎着一个羊皮小包，就像一棵苍老弯曲的白杨，脸上密布灰白色的皱纹，好像就是从她正在卖的那些色泽暗淡、有股霉味的旧书本里面钻出来的一个小人物，巴尔扎克的模特。衣冠邋遢，但暗藏着价值连城的细节，也许那鞋带或者别针什么的来自**1968**年的五月。我觉得她有些像当年在煤机厂车间听我讲故事的某个女工。我请傅杰翻译，与她谈了几句，在这里卖书多少年了？我从**1948**年起就在这里卖书，她声音嘶哑地说。在中国，恐怕找不到一个**1948**年到今天都在卖旧书的书贩，这个国家的书贩子早就衰亡了。就算某人有这个心，他也熬不过后来的各种运动，就算他从“文革”后开始，他也熬不过这个世纪永不衰竭的“焕然一新”运动。看法国历史，知道这也是一个热衷于革命，有一种“胡搞瞎搞的激情”的国家，但在这里，革命的目标并不是“维新”，而是丰富和创造生活世界的空间。革命并不意味着以某种想当然的社会图纸规范世界，**1968**年的革命在以“富”为荣，以“富”“重估一切价值”的社会里闻所未闻，那革命的目标居然是：“真正的富有一旦对人昭示，那么物质上的富有就立即退居到次要地位——不过是一块颜色单调的背景布幕而已”，“这个体系（指资本主义现代化福利社会乐园）除了消费者迷思下的私人享乐外还有什么‘奇魅’可言呢？假如‘丰裕富足’（affluence）在一朝一夕之间对你不再是所有一切，那么它马上什么都不是了”（《法国**1968**：终结的开始》）。听上去**1968**年的革命仿佛是老子、庄子领导的，法国**1968**年的革命没有“杀富济贫”，血流成河。革命之后，“连猪走路的记忆都丢了”的消费社会继续消费，但“富贵于我如浮云”“拒绝成功”的先锋派生活方式和精神也受到尊重和敬畏，成为巴黎生活中一股不可轻视的反讽力量。革命激发生命的活力，但并不消灭生活的丰富和多元。老太太说，她之所以一辈子在这个点卖书，是因为喜欢前面塞纳河上的那座桥，我喜欢看桥上那些云，她说，她读过庄子的书，非常欣赏。那座桥的对面是巴黎监狱，那些戴着铁盔的圆堡无论在乌云下、阳光里或者黑夜中都是阴森森的。一群乌云越过塞纳河来到了监狱之上。天空暗了，风狂扯我的衣裳，雨挥舞扫帚把我赶进一个咖啡馆里去，在那儿，我用汉语记下几行，当了一回巴黎诗人。我第一次写诗，是在澜沧江以东的云南陆良县的小平原之上，那是云南高山中最大的一块平原，某个普通的乡村中还藏着伟大的爨龙颜碑。1970年冬天，我在我父亲流放的破庙里用练习本开始写诗。

窗帘换了　塞纳河上没有船只
新来的妓女是远东的闺女
天空继续着空阔的伟业
夕阳还在树叶间化妆
被歌唱过的波浪还在流浪
秋天　依然在魏尔伦的发茨间闪光
那些小掉的戒指还在　那些失效的老花眼镜
和瘪咖啡壶还在　忧郁与悲伤还在
幸福也没有溜走　小偷刚刚甩着手上路
在街角　点燃了下一只纸烟
那本诗集停泊在旧书摊上

风匆匆地翻着它　写下的句子是什么

它没有眼睛　它抚摸着河水　它看不见文字

——2017 年 8 月 8 日

44

2003年11月

诗人波德莱尔的墓安在巴黎的蒙帕纳斯公墓，我在一个春天的中午走进这个墓地，去找波德莱尔。我认识他太早了，1976年，我正在昆明城里狂热地写诗。读不到什么书，书都是地下传阅的，传到你手里的是哪本书，你就读哪本书。有一天，一位朋友从一个单位的内部阅览室偷出来一本书，是朱红色硬壳的精装本，叫作《从文艺复兴到十九世纪资产阶级文学家艺术家有关人道主义人性论言论选辑》，是供批判用的参考书。他先贼精精地给我看一眼书名，马上藏到书包里去，示意我跟着他。到了他家阴暗的小阁楼里，他拉起窗帘，开了灯，才把书拿出来共同翻看，正文前面是批判这本书的文章，几千字，正文有30万字。我一目十行，立即看出这是一部金玉良言之书，无数哲学家、作家、诗人关于人性的言论都被一段段摘抄下来，非常精辟。我那时正是一热血青年，才20岁出头，这个书对我来说，犹如《圣经》。好说歹说，朋友愿意借我看，只给3天，一再交代，不能被大人发现，这个书是供内部批判用的，扉页上盖着公章，被发现非同小可，可能被捕。那时候，每家的大人好像都是组织派来的，经常去告密，都害怕自己孩子私看禁书，会给惹出大麻烦的。那本书有一块砖头那么重，又要看它，又要藏着它，我很是费了些周折，躲着看相当费力，会看得满头大汗，刚刚翻了几页，家人就来叫去做家务事，赶快塞到床底下。再回来接着看，要钻到床底下去找出来，有时候心情太紧张，往床底下扔得太使劲了，得爬进床底去拖出来。我还决心要把它全部抄一遍，最后没时间抄完这本书，但看完了，影响了我。作为那时代暗藏在国家与革命底下的一个人道主义者，我更坚定了。就在这本书里面，我在一个注释里读到了波德莱尔的一句诗，那时代要读到一行真正的诗，就像要在沙漠里面翻出一块金币。不太记得原文，那句诗的大意是，蔚蓝海水比我的丑恶灵魂干净。震撼，在此之前，我从未这样想过自己，这个诗人竟敢说自己的灵魂是邪恶的，我从未自我审视过自己的灵魂，我有灵魂吗？我不知道这个波德莱尔是谁，但我再也不能忘记他，直到多年后，我看到他的《恶之花》，看到他摄于19世纪某日的照片，忧郁的中年男子，灵魂活现，永不消失的幽灵，经常出现在我内心的镜子上。老实说，当年我并不完全理解他的忧郁，他不是一个西方诗人吗？他不是彼岸的幸运儿吗？在20世纪的许多时间中，西方对于一个中国知识分子来说，那是绝对的政治正确、美学正确、生活正确，而他似乎为这种正确所窒息。他的作品是会生长的，你要在时间里阅读他。后来我渐渐明白，有一种正确是令所有天才压抑的，它没有国界，也没有具体的母语。波德莱尔的诗歌不只是法国诗歌，也是中国诗歌。

我来了，但找不到那幽灵的寓所。阳光明媚的春天，风里面还夹杂着些寒冷。墓园里乔木葱茏，枝摇影动，多米诺骨牌般的墓碑高矮参差，枯萎的花朵倒在台前。我是依靠旅游手册来找，毫无头绪。忽然，我感觉有一个小老头从那些墓碑间跳出来，双手别在裤兜里，哼着什么，在我面前站住，歪着头。我就知道他要帮助我，我把写着波德莱尔名字的那一页给他看，他一耸肩，立即把我领到波德莱尔那里，我还在发愣，他已经不见了，仿佛钻进了墓穴。波德莱尔的墓并不像我想象的那样伟岸，大大地写着他的名字。墓碑不起眼，就像他在世的时候，很不起眼。墓碑第一个名字是他家的一个什么人，上校先生，诗人波德莱尔的名字夹杂在一堆凡人的名字之间，某某的侄子之类，这是一个家族合葬的墓。墓碑前面有些干掉的花，最近显然没有人来过，有一些写着字的纸条，还有一部已经被雨水浸泡又干掉的诗集。我捡起来，翻开翘起来的那首，傅杰把它翻译给我听：

搅拌的果汁放下
你的手拿开
我不能再写作

我将诗集放回原处，站着出神。这世界有些事情是不可思议的，这个躺在坟墓里的诗人写下的文字，竟从 **19** 世纪穿过

20 世纪，从法语进入汉语，为的是在某一日，使另一位诗人获得灵魂。我有些灵魂出窍，我站在这里，就像一个中年的波德莱尔，比他稍胖。

45

2015年6月14日

野狗带着我穿街走巷。巴黎的肚子里面藏着数不清的东西，这是个大胃，许多已经被时间腐蚀了，但基础还在着。你得慢慢地走，像时针而不是秒针分针那样小跑，你才看得见巴黎，再慢些，像那家比利时餐馆的大厨煎一条鳕鱼那么慢。“古罗马是一个被现在的时间所充满的过去。它唤回罗马的方式就像唤回旧日的时尚。”（本雅明）我们没有任何先兆地就到了一个古罗马时代的圆形剧场，大块石灰岩垒成的看台还在，中间是一片土质空地。一伙少年在里面踢足球，球滚到我脚下，开脚踢回去。他们并不搭理我，仿佛我是他们中的一员。看台上坐着些孤独的人，他们不是来看球的，他们看着灰色的天空和挤挤攒攒的乌鸦。那些黑色的鸟没有跟着森林搬走，森林在千年前就搬走了。

白教堂外面有一伙人围着一个皮肤漆黑的小伙子，他正站在石头护栏的一根柱子上玩着一个足球，宛如刚刚喷出地表的石油，立足之地只比那只足球稍大，身怀绝技，他把那个球玩得像一只猴子似的听话，球跟着他的脚尖和脚后跟旋转，仿佛它是他的行星。他靠这个挣钱，微笑着，将球在臀部颠着，掌声就像阵雨。另一个深怀绝技的家伙在地铁里，不知道他在哪个站上的车，走过车厢的时候忽然高歌，仿佛这是荒原。车厢顷刻间安静下来。天神般地光临，天神般地不见了。到处是身怀绝技的家伙。

17 世纪开始的动物园是一座巴洛克风格建筑，一座宫殿。动物住在里面，与卢浮宫的名画同样待遇，动物是一种展品。这些单身汉在玻璃橱窗后面走来走去，就像百货公司橱窗里那些模特儿获准放风。每个兽都有一种幽灵般的表情，仿佛为死而复生焦虑。几个穿着蓝色工作服和水靴的饲养员正在对付一只活了 120 年的乌龟，试图将它翻转来检查它的腹部。这个老巴黎静静地趴着地皮，稳如泰山，饲养员像警察跪在地上，拼命地扳着它。大人领着儿童，我是少数独自进来的大人。为什么要让儿童看在押的动物呢，人们认为这是一种长者的义务。儿童会领着我们去看什么？

46

2004年8月5日

住在奥德翁剧院旁边的一家小旅馆里，下着雨，奥德翁剧院在维修，不演戏，心情郁闷，仿佛人生的所有戏剧都被它关在里面了。剧院是一个动物园，每天绕着它走，绕开它去一家中国快餐店吃饭，那个福建老板来巴黎20年，从来没去过卢浮宫，就像一块被河水卷来的石头一样，没去过卢浮宫。他的饭还不错，红烧带鱼不错。

安妮有一天领我去看培根的画展，然后去一家小馆子用午餐，还有一位法国诗人。我们在安妮主持的“两仪文舍”，讨论了废墟的意义。巴黎是一座活着的废墟。普吉兰也来了，他是一个高个子，骑着摩托。

47

1995年11月6日

巴黎正在举办纪念画家塞尚逝世九十周年画展，从9月30日展到明年1月7日，在协和广场附近的大皇宫美术馆举办。街道、橱窗到处可以看到关于这个画展的广告。许多书店都辟出专门的桌子，陈列出售各种塞尚的画册，在一家书店数了一下陈列的塞尚的大大小小的各种画册、传记，有七八十种之多。商店里出售模仿塞尚绘画笔法和色彩的花布、地毯、围巾等。这位来自法国南方艾克斯的画家是巴黎的骄傲之一。我知道他，是从国内拙劣的印刷品上，印刷品挡不住塞尚，非常喜欢。有一次看到胡适回忆，说张爱玲去他家，谈塞尚的画，这加深了我对张爱玲的好感。在我看来，塞尚是一个女性不会太喜欢的画家，不浪漫，也没有什么风流韵事，其貌不扬，他继承的是孔德的传统。他不喜欢艺术家们趋之若鹜的巴黎，后来回到他的故乡，法国南方的艾克斯，直到死。他的杰作《圣维克多山》，画的是一座在云南司空见惯的有绿色的树和红色的泥土的山峰。他"实证"了那座山，他看见那些材料。

在巴黎遇到塞尚画展是我的运气，这样的画展，终生难遇，就是住在巴黎的人，也不一定能碰上。塞尚的画散落在世界各处，把各个时期的杰作聚集在一起展览，并非易事。塞尚

一生画了 **250** 多幅作品，这个展览就展出了 **109** 幅。我去了三次，第三次才看成。从早到晚，都排着长队，不是一般的长。我去过拿破仑陵墓，没有这么多的人，不用排队。第三次去，耐了性子排队，跟着来自世界各地的人缓缓移动。队列虽长，但移动得很快，因为秩序很好，没有以任何借口插队的人。里面，挤满了人，有的人腿坏了，坐着手推车进来。陈列的第一张画，是巴黎画家德尼画的《向塞尚致敬》。之后，从画家最早的作品，一直排列到他临终的杰作。所谓开始就是结束。从他的画的踪迹来看，我看到的只是固执，一意孤行。从他的时代流行的看法来看，可以说这个人是一个一开始就不懂画画的人。在西方那样有着深厚的讲究画面的透视效果、空间感和逼真度的绘画传统中，忽然出来一个人，“没有使用透视线条来创造空间，只是一种颜色并列靠着一种颜色”（艾伦·金斯堡）。难道不令那些懂画的人深感，这是对他们的经验和知识的侮辱吗？把他的画放在卢浮宫与 **18** 世纪以前的画并列，塞尚绝对是天外飞来的陨石。但最终，是那个时代放弃了它的看法，以塞尚的看法为看法。那也是一个天才们时来运转的时代啊。他的灵感受到东方艺术的影响，诗人金斯堡看出来，在诗歌写作上还得到启发。“我想了个主意……用不可解释的、没有解释的、非透视的线条，也就是一个单词并列地靠着一个单词；两个单词中间一个空隙——像画上的空隙——两个单词中间一个空隙，让大脑借助生命感觉来填补。”（艾伦·金斯堡）

这里说的是塞尚的画给他的启发，却正是中国古代诗歌的方法。

原作总是更朴素的东西。我们在原作以外，对它的一切猜想都过于夸张。我看见了《圣维克多山》的原作，有 **9** 幅，画于不同的年代，重复地画同样一座山，视点只有细微变化，却一幅与一幅不同。“重建我从自然中获得的细微感觉：我可以站在小山上，仅仅把头偏移半寸，景物的构图就完全改变了。”（塞尚）他的画不是对世界的思考，而是看世界的方法。我无法说他画出了什么，他只是令我看见了；我无法对这些不朽的颜色和线条说些什么，他为我们提供了类似太初的东西。

还有几幅塞尚的自画像也在其中，虽然画的时期不同，但有一点是相同的，就是每一幅都对这个世界侧目而视，白眼向人。

48

1997年秋天

跟着牟森的戏剧车间来参加巴黎秋天戏剧节。在一家剧院演出他的《关于一个夜晚的谈话》。他从中国带来的道具包括铁锅、木头电线杆。每一场，瞥见苏伟全身赤裸，抬着个黑乎乎的铸铁锅，挺着结实的臀，在我后面走过去，总是忍不住想笑。这是剧情之一，我是主角。谈话由即兴挑起，最后成为对某个夜晚那人（一位演员）是否在场的一场审问。随意的台词把翻译搞得发疯，她永远不知道我下一场要说什么，其实按照每场的即兴发言去翻就好了，她执着于剧院、剧本、固定台词，叫苦连天。只有巴黎能够容忍这种戏剧，很像是一场骗局。另一个演员背对着舞台，朝一群关在笼子里的兔子手淫。

德佩教堂附近的巷子里有个小剧院，叫作小木箱剧院，从1957年开始，这个剧院每晚都轮流上演尤奈斯库的《秃头歌女》和《一课》，有些像中国旧时的戏院，总是演那几个本子，七欧元一张票。确实是个小木箱，里面只可容纳二三十个人，舞台很小，中间放两把高背椅子和一张桌子，后面是红色幕布，乍一看，还以为是走进了中国民间的草台班子了。天天固定地演这两场戏，大约要麻木了吧？但演员依旧演得很投入，掌声大响。我看的是《一课》，内容是抨击教育的暴力，一直都是两个演员坐在台上唇枪舌剑。尤奈斯库的东西总是令人想到中国戏剧，小剧场其实在中国最流行，过去许多村庄都有，那些剧场是属于一个村庄的，甚至私人家里也有戏台，鲁迅在《社戏》里面也描写过。这涉及对戏剧的理解，戏剧是生活还是教育？在中国，寓教于乐。戏剧有很大的乐的因素，因此，一出戏可以百看不厌，百演不衰。演上几百年都可以，唱腔、身手可以不同，本子就是那一本，那出戏说的什么，完全不知道了，但一个段子可以无穷地听，看，玩味。戏剧已经不是教，只是乐了。尤奈斯库非常清楚西方戏剧传统，教得累。看什么戏都要集中精力，注意情节，否则看不懂。中国戏剧不是，可以看一段不看一段，听一出不听一出，听的什么不知道，高兴就得。所以尤奈斯库试图把戏剧搞得更接近人一些，降低舞台，残酷戏剧甚至取消了舞台。但《秃头歌女》《一课》这样的东西，教育观众的本质还是一样，形式很先锋，用新的主义（存在主义而不是本质主义）来认识世界，教育观众还是一样的。看一遍就可以了，思考一下，也就知道说的是教育的残忍、人生的荒谬，看第二遍那是受罪。因此它也只适合在游客如流的地方这么演，大家看一次，就走掉了，演了50年，是因为在巴黎旅游热点上的缘故。云南大理的周城是个大村子，村口的大榕树下面有个古戏台，几百年总是唱那几出戏。如果天天演《秃头歌女》《一课》，恐怕要闹鬼。后来提倡新戏剧，旧戏不准演，戏台就荒废了，因为新戏剧一台只能演一场，第二场就没有人看了，而新戏剧又整不出一年360场来，得了！有一年我从乡村路经过一个又一个村庄，发现那些古戏台都空无一人，被当作打谷场，因为城里的“送戏下乡”一年只有一次。

49

2015 年 6 月 12 日

奥斯曼大道 **158** 号的某个房间里挂着卡拉瓦乔，一个光辉的画家。称为大道，其实路面最多容得下两三辆汽车，石头铺成的街道中心凸成半圆，两旁凹下去，一下雨就会积水。这里是银行家爱德华多·安德烈和他的画家老婆娜莉·雅克马尔在 **1869** 年建立的巴洛克风格的私人博物馆（Musée Jacquemart-André）。从前是他们的爱巢，马车可以停在楼前，“一身长嘶”之后，走上台阶，房间里全是古董。阴暗的过道，伦勃朗的作品草率地与几位二流画家的作品排列在一起，挂在墙上，像个杂货铺似的，并没有郑重其事，她大概不喜欢伦勃朗，为什么要人人崇拜呢？他只是画家之一。这里的大师是卡拉瓦乔，有几个展室长期陈列他的作品。卡拉瓦乔的东西相当做作，他决不掩饰他就是在创造一种超越，他不故作现实，他是个戏剧导演。他不像伦勃朗那样沉稳，在光线不好的地点，伦勃朗融于黑暗而成为宇宙本身。卡拉瓦乔的作品，就是在黑暗中也很抢眼，光芒四射，这是他的魅力。一楼的餐厅相当不错，许多人到这里来，主要是品尝这家的小糕点和咖啡。

带着旧地图　跟着塞纳河穿过你
我迷恋你的咖啡　你的糖罐　你的水坑
你的手臂　你的多疑和恶作剧　我需要
找到一条缝隙　放下我的旧箱子　小牙刷
我想回到我的古董店　再看看那张埃及脸
兰波呕吐了那条街　阿波利奈尔占据了这座桥
海明威守着那张床　乔伊斯的马桶在先贤祠后面
巴黎　我迷路了　找不到那盏老台灯　那面穿衣镜
旁边有个邮筒　对面是报刊亭　白衣伙计叹着气拖地
台阶上的旅行家　跟着中世纪黑名单上逃出来的蓝胡子巫师
等着卢浮宫开门　两个相爱的警察瞥他一眼　然后走开了
——2017 年 12 月 28 日

巴黎的顶看上去就像某种高原、丛林、红色坡地、林间小屋、猫路……教堂是这高原上最高的建筑，所有的建筑物都跟着它，服从它，决不会与它比高低。它们安于低处，谦卑不是一种故作姿态，而是建筑隐秘的世界观

塞纳河岸的书肆。这些书被流水般的读者翻来翻去，就像一些上岸的波浪。有一本失踪了，漂到哪里去了？有一本是罗曼·罗兰写的，漂到傅雷手上，被译成了汉语。1976年漂到我的手上，我在一个小房间里秘密地读完了它。又漂走了，不知所终。漂木，从世界的此岸漂到彼岸，就像神带来喜讯，意味着获救或者毁灭，书也会毁掉一个人。那些永恒的、不死的书

书摊还关着。望着河流，等着一本书

拉雪兹公墓，睡着普鲁斯特和其他巴黎市民

拉雪兹公墓

巴黎之光。谁住在这里，波德莱尔？

一个春天，树木舒展。巴黎在世界的北半球，这里不生长孔雀

日常生活的史诗

旅游者

旅游者或者流浪汉

在十字路口张望，他望的那个方向是塞纳河

方向不同的旅游者，去哪个方向意味着你将成为哪种巴黎人

金发、土红色旅行包、红花裙子、红布鞋、光

在一家咖啡馆门口所见

两个手牵手的游客

青年男子牵着他的女朋友过街

在光天化日下接吻的人

玫瑰和长得像中世纪人物的姑娘

老了，在巴黎度过了一生

相依为命

塞纳河畔的一对青年

塞纳河，逝者如斯

某博物馆里的一瓶玫瑰

50

2018年3月2日

巴黎有着某种魏晋风度，为闲逛准备了许多曲径通幽之地。你完全可以像一根缝衣针那样，牵着你自己的线，在巴黎逛来逛去，将你自己的那块看不见的地毯编织起来，就像乔伊斯缝制他的《尤利西斯》。

> 要告诉您几件事。爱尔兰语的字母表（ailm，beith，coll，dair 等等）全部由树的名字构成。爱尔兰文 naṫ（orah）相当于 H。oyin 相当于 O。我的第一个小册子《暴动之日》引用了另一个伟大的意大利南方人，（诺拉镇的）布鲁诺·诺拉诺。他的哲学有几分二元论的味道——自然界中每种力量必然发展为一个对立面，以便自我实现，而对立则带来再统一，如是往复。特里斯坦首次造访爱尔兰时，把自己的名字倒了个个。挪威－丹麦语既没有阳性词，也没有阴性词：两性都是公有而中性的。冠词放在名词里面，如 Manden，Landen 同理。Man siger at jeg er blever Konservativ（他们说，我还是一个保守党人）是易卜生一首诗的第一行。表示噩梦的词汇来自希腊语、德语、爱尔兰语、日语、意大利语（我

侄女奶声奶气的发音)，以及亚述语（那个星群被称为“可怕的猎犬”)。后一种语言（指丹麦语）我说得非常流利，我家的厨房里还有几个贴着该语言牌子的果酱瓶，非常漂亮。大多数爱尔兰（东部？）滨海城市都是用丹麦语命名的……(《乔伊斯自述》)

注意：我将上面这个段落作为一个形容词来形容巴黎。

在百度上搜索自己的名字
就像在废墟间搜索尸体
另一场地震　一旦发表
就没入语言之忘川
建议您：
一、检查输入的关键词是否有误
二、换另一个相似的词或常见的词
试试
——2008 年 9 月 12 日

51

2014年9月9日

很多年没有闲逛了。脚步在塞纳河岸的一家画廊外面慢下来，就像走上闲置在人生仓库里多年的一条老路。时间是用来浪费的，将手表甩掉，走吧。巴黎固然也有追求成功者的空间，但它也容忍你在这里无所事事，故意放纵你不务正业，永远不会成功，优游自在。可爱的无聊人可以将两只手塞在裤兜里，从一个幽秘之地走向另一个幽秘之地。“闲逛对他思想节奏的决定程度，或许最清楚不过地暴露在他特别的步态中，马克思·莱希那（Max Rychner）把它描述为‘既是行进又是逗留，两者的奇怪混合’。”（汉娜·阿伦特《瓦尔特·本雅明》）

从卢浮宫出去，走过塞纳河上的石桥，就到了左岸。河边有许多小画廊，进去看看，赏心悦目的作品不少，不是为了艺术革命，不是表达观念，也不是愤世嫉俗，以野怪乱黑、滑稽夸张、争奇斗艳为前卫。橱窗里的作品就像苹果、桌布、咖啡壶、葡萄酒、盐巴罐……我的意思是，可以把这些作品自然地挂在你家的墙上，一如从前布衣在中堂里挂字画，也就是某冬烘先生十年寒窗的小品，一旦登堂入室，即刻满室生辉，令你在谷雨这天的黎明醒来时比昨天更热爱生活。不必解释这是某某主义、某某派的作品，就像不必解释天空落下的是雨一样；

也不必担惊受怕价值连城，却在月光如水的深夜去卫生间小解时，被画布上反传统的妖魔鬼怪吓着。是的，那些作品很平庸，没什么革命性，印象派或者野兽派甚至伦勃朗的残渣余孽，就像巴黎街头的某咖啡馆，平庸得发霉，但是你在里面坐上一天，就像泡在温泉里。嗯，这种作品北京的**798**很少见；啊，**798**当然有存在的必要，但是中国当代艺术也太**798**了，一味地革命，连平庸的**123**都消灭了。我听说在美术学院里，一年级的学生就热衷于前卫，不知道伦勃朗，只知道巴塞尔的风向、威尼斯的入选作品的大有人在。有个橱窗里摆着凡·高做的石膏像，做得真是老实，那些火焰般疯狂旋转的色彩后面曾经有个本本分分的美院学生。杜尚也一样，他可不是从装模作样的下象棋或者把小便池搬到博物馆去的惊世骇俗开始。那幅《走下楼梯的裸女》，没有素描功底是画不出来的。我更喜欢艺术中的那种普遍的、平庸的、只为日复一日的人生而存在的基础。中国艺术过去是有这种基础的，朱耷、齐白石都是这种基础上的大师，但在**20**世纪，这个基础被摧毁了，革命性作品层出不穷，要找着一幅正常、高质量、不抢眼——所以养眼的画，很难。透过玻璃反光看看作者名字，毕加索、马蒂斯、博拉叶……都是小品，大师们的基础性作品，金字塔下的砖块，美术史上不见记录。马蒂斯的一张素描，五到六笔，画出一个刚刚迈出浴缸的浴女，也就**1 000**欧元。没什么观念，没批判什么，就是手上功夫。**1 000**欧元只能买马蒂斯的小品，但无名的画家，就可以买到他们的杰作，素描的基础、色彩的关系和笔触的力度都是一流的，是花了时间打磨的，绝非革命性的即兴涂鸦。秋天了，天空阴郁，看看那铅灰色的云，与科罗画的一样，有点忧郁，忧郁是一种永恒。偶尔龇牙咧嘴也未尝不可，一本正经容易僵化，一味地“怎么都行”也很轻浮，如果艺术界总是一伙装疯卖傻的狷狂之徒在兴风作浪，也是很乏味的。发现没有，那些时髦的当代艺术画廊里，从来见不到一个普通市民，见不到那些叫作舅舅、姨妈、张大伯、李叔叔的人物。艺术家们似乎不画这些，不画母亲，不画苹果、花卉，也不画窗外的云。永恒的是忧郁，瞧，那幅色泽阴沉、线条简洁有力的作品，画的是某人的母亲正在橱窗后面忧郁着呢。马蒂斯画的，是他妻子的肖像。

画廊之间有家美术用品店，大约已经开了300年，塞尚或者巴尔蒂斯们在巴黎的时候，推开镶着玻璃的橡木门，进来买过一支孔雀蓝或者13号刮刀？刚走，我肯定。颜料、画笔、纸张都是新进的货，但摆放货物的房间，却是一件老古董，令人想到明式家具，木楼梯被打磨得发亮，梯口内陷，铜质的扶手柄被一只只残余着油彩的手摸出了金子的光泽，老板是个文质彬彬的白发绅士，仿佛冬烘先生，戴着金丝眼镜。店里甚至摆着毛笔和墨，哦，日本生产的。正准备仔细看，店员说，吃中饭的时间到了，要关门。何必呢，买个麦当劳或者盒饭，边吃边卖不更好？绝不可放塌一桩买卖。不！正门已经关上了，店员领我从后门出去，请过一小时再来。人家要去塞纳河边找家餐馆，一个看得见云的座位，坐下来，先喝点红酒，然后上菜，三道，还有甜点、咖啡。吃饭是一个美妙的仪式，而不是填肚子，做买卖的目的之一，不就是为了这个日复一日的仪式嘛。

其实这不是巴黎的特色，我小时候的昆明店家也一样，11点才开门，卖到下午3点，不卖了。说是已经挣够了今天的钱，要让别人也挣点，人家要玩去了。

52

2012 年 12 月 7 日

在巴黎森林漫游，背着一只水壶，一个照相机。巴黎之光令人以为任何人都可以轻而易举地成为布列松或者维利·罗尼，他们眯着眼拍啊拍，对着每一条街道，每一幅窗帘终于找到了那个梦中的窗子，多情的黄色之船。这种漫游仿佛梦游，仿佛不断发生的转世，仿佛已经被一部费里尼或者安东尼奥尼的电影聘为演员，扮演着一个寻找时间的角色。是的，寻找时间，没有比这个角色更无用更容易的，只需要到处闲逛。许多野心勃勃的家伙在这里失去了野心，他们藏好信用卡闲逛起来，在一个小公园里挨着一家教堂发黑的岩石墙根发呆。在世界的大多数都市，你必须成为某种百折不挠的角色，为在人生舞台上谋个好位置而疲于奔命。我记得纽约的清晨，五点钟，通往曼哈顿的高速公路已经热流滚滚，车灯一个个爆炸般地打开，黎明被人类视死如归的拼搏劲头吓得落荒而逃，一万辆奔驰都是一个目标，新的奋斗的一天又开始了。我记得某年夏天在曼哈顿洛克菲勒中心出现了一个当代艺术家用玻璃钢做的雕塑，一根笔直地通向天空的红色大梁，上面行进着一个个背着旅行包、走向星空的玻璃钢年轻人。没有老者，纽约不欢迎老者。站在那个呆板生硬一条直线的雕塑下，每个人都会害怕，害怕被抛弃，落后，掉队。没有谁会在巴黎掉队，巴黎到处可见耄耋之徒，这儿充斥着昔日的殿堂、后院、仓库、花园、杂物间、小巷、厕所、下水道、羁绊物、坑洼、砖头、石头、油画、雕塑、涂鸦、锁、阳台、酒吧、挡板、栅栏……它们容忍你折回头，转个弯去成为一位鞋带散掉的诗人，巴黎使诗意公开化、合法化了，在这里写诗无须自惭形秽，绝不做作。巴黎也没有像唐朝的长安那样，将写诗变成一条仕途。你可以光明正大地公开地去寻找诗意，就像古代的猎人扛着长枪走遍森林。找个小咖啡馆坐下来，在吧台上丢下 **5** 欧元，买杯咖啡，那杯子的容积只是比戒指稍大，小口小口地抿，足够喝上一个时辰。再将笔记本往小圆桌上一拍，你就是一位巴黎风景中的诗人，哪怕你一行诗都没写。巴黎使得那些传统印象中的诗人，不食人间烟火、隐居在某处、自号风清月白的家伙们显得相当做作，写诗是多么自然的事，这不再是精神祭司们发号施令的语言特权，而是一种日常的生活方式，就藏在一只酒渍残留的火柴盒后面，就像拖着一只轮子半转不转的破箱子走去地铁站一样自然，就像躺在一个老花园的木质长椅上看树叶一样自然。诗人是巴黎的家具之一，更别提那些流浪汉、闲人、酒鬼、艺术家、小提琴手、风琴手、哲学家、助教、大学生了，到处充斥着这些想入非非的家伙们，每个人都梦想着扮演一个世俗的指点文明的上帝。无数的人到巴黎去，只是为了成为一位诗人，海明威到巴黎去，加西亚·马尔克斯到巴黎去，毕加索到巴黎去，阿多尼斯到巴黎去，艾青到巴黎去……最后他们都如愿以偿。

> 首先，不管是行政方面，还是学制方面所作的努力，都替代不了产生伟人所需的那种奇迹般的机缘。在生命延续的种种奥秘中，唯此机缘是我们那雄心勃勃的现代分析科学最难以企及的谜。其次，据说埃及人发明了孵小鸡的烘炉，可要是孵出了小鸡，却又不马上给它们喂食，那你会对此作何感想呢？可是，法国人的情形恰恰如此，她想方设法用会考这只大暖炉制造艺术家……（巴尔扎克《邦斯舅舅》）

150年后，巴黎已经成为一个文人之城。是的，那座桥已经被阿波利奈尔写过，但也被阿波利奈尔无意间遗漏，还可以再写，再写，有的是时间，塞纳河波涛滚滚，时间矿室的页岩层叠累积，魅力永在。河岸那些苍老的建筑，那些发亮的乌云，那些前仆后继的情侣，那些神秘船只里面的家具，总是在暗示你，还有什么可以写，巴黎藏着一打普鲁斯特，这些伟大的语言精灵就藏在小酒店那些用硬纸做成的圆形啤酒杯垫下面，你甚至可以在一张餐巾纸上记下它们，真的有许多巴黎诗人在餐巾纸上写诗。我也这么干，比如在花神咖啡馆，我就用那里厚而耐用的餐巾纸写了一首，是这首：

在库赞街

我害怕这些街道　幽灵们还在呼吸
在那些嵌着眼睛的石头砖里
暗藏着发黑的肺　只是离开人群
一会儿　蹲在台阶上吸烟
就是那人　他没看我　捧着一只手机
谁的短信　令他那样深地低着头
我聋着　因此听见死者在低语
意义难辨　令我不敢快走　塞纳河的光
为黄昏安装着小玻璃　也许下一次转弯
那些句子　会再次　不言自明　我询问道路
向这个妇人　求那位男士　站在教堂前
截住刚刚出来的黑人　他顺势比画起另一种
十字　手臂笔直　接着弯曲　最后垂下来　向
左　转右　再回到左　“弟弟　我没有多少钱
所以可以给你”　魏尔伦去克吕尼（Cluny）旅馆
找兰波　就是走的这个方向　崴了脚　被库赞街
凸凸凹凹的石块　颠簸得像是一条醉舟　看在眼里
有人写诗一首　有人思忖着在上床之前　要更小心
坏小子的肘下夹着一根刚出炉的长棍面包　那么黄

就像是取自街道两旁　时间无法吃掉的岩石
被落日的余碳　烤得有点煳　在未被咬过的那头
——2015 年 12 月 8 日

53

2013年5月至11月11日

站在街道上望去，正在闲逛的要么是狗，要么是老者，要么是外地来的游客，还有些看上去正在人生的沼泽里塌陷的家伙。许多出现在街头的人都是重任在身、积极进取的样子，一边奔走一边打手机，一边奔走一边啃麦当劳，目标明确，动作果断，目光炯炯，就像是圈养多时、一朝放出的猎犬。直奔电梯，抢一步在金属门刚刚合上之前挤进钢板缝去。直奔过街心花园，对那些正在春天的阳光中胁肩谄笑、搔首弄姿、为自己的脂粉洋洋得意的花朵不屑一顾。闲逛倒显得更自然而不做作，就像一种对巴黎式的存在主义的行动认同。在巴黎，存在主义不是观念，而是行动。挺身而出，你不是要去奥林匹克运动会较劲，不是去登山渡海，更不是要回到雅典街头去雄辩……

在咖啡店门口拖过一把椅子坐下来，隔着玻璃窗，悄悄地挥手请伙计来上一杯。你因此成为身体上的波德莱尔或者乔伊斯，不要去想他们那些杰作，他们是这样喝咖啡的，只是加糖的块数不同，或者不加，越南土糖纵入到咖啡海的姿势也不同，波德莱尔或许喜欢溅起些水花，乔伊斯或许是慢吞吞地滑下去，像一只在游泳池边磨磨蹭蹭、不敢下水的旱鸭子。寄生在巴黎的这个咖啡小精灵可是从来没失灵过。

54

2013年11月11日

有一天下午，我正在南屏街一带闲逛，忽然一男子大步向我摇将过来，衣服上有股子汗酸味。仙人是不洗衣裳的。云裳羽衣，眉头下藏着智慧，天下无人能识。他刚才一直在广场中央大摇大摆，东张西望，忽然就看见我，啊啊，你是不是于……。我这才看见他手里还握着一卷书，露出的三个字是“坚的诗”，就停下来闲聊，我正要去一个场所开诗歌研讨会，不知道所在，就问问他。他很详细告诉我怎么走，在沃尔玛的隔壁，那是一个五星级宾馆，很高档的。他经常在街上闲逛，对地形了如指掌。他失业了，但是“回也不改其乐”，读新诗，读古诗，吃盒饭。他说，你写得很好，有时间我们谈谈。何不现在就谈？我没去五星级宾馆开会，在路边找个地，坐下来，促膝而谈。谈了一个下午，谈到黄昏，谈到唐朝，谈到深夜，谈起李白的一个故事，拊掌大笑。然后，各自飘然而去，不知所终。这是一个梦，我不确定是八十年代的事情还是前几天的事情，已成梦。

一大早就出门，拳头塞在裤袋里，里面没有一个镍币，只有一把家门钥匙，就像意大利新现实主义电影里面的人物。我年轻的时候，喜欢去百货大楼闲逛，低着头看那些摆在橱窗里的商品。浪琴表，1 200元人民币；熊猫望远镜，28元人民币；海鸥牌双镜头照相机，125元人民币。我家里一穷二白，可我知道各种商品的价格。集邮簿，12元人民币；短筒牛皮靴子，45元人民币；鸡蛋糕，5毛一公两；等等。白天逛百货大楼，晚上做商品的梦，它们都变成了小侏儒，这个戴着手表，那个提着收音机，这个穿着靴子，那个举着望远镜……我当然就是国王，我记得我看过一部苏联电影，好像是《木偶奇遇记》，黑白片。我的梦也许和这个电影有关，也许是这个电影变成了我的梦，也许我前世真的在那个小人国里待过。过去已经不存在了，但是我经常走回记忆里去闲逛，我站在大街上或坐在街心花园的椅子上神游世外，出神入化，那是更高级的闲逛。“寂然凝虑，思接千载；悄然动容，视通万里。”（《文心雕龙》）

凯旋门已经不能大摇大摆地通过，被汽车的洪流环绕着。许多人为了拍全景，走去车流中间，那里排出一组小队，按了快门的人赶紧穿过洪流回到人行道，司机们微笑着。

有个家伙站在飞驰中的地铁窗前读报纸，他穿着垂到膝盖的羽绒冬衣，这种西方发明的登山服现在已经非常普遍，但穿在他身上显得与众不同，别人穿这种衣服都是要穿出暖和，穿出衣食无忧的样子，棉咚咚的，红光满面。他倒好，像是披着个大麻袋，下面呢，穿个过去叫作卫生裤的那种裤子，其实是比卫生裤厚些的运动裤，深蓝色的，还穿着一双花纹密布的球鞋。他将报纸的各个版扫了一通，相当满足地将它揉成一团，塞在车厢扶手与车厢壁之间的缝隙里，像是塞进去半个吃剩的馒头。他显然经常这么干，然后站到地铁车厢门口，我以为他下一站就要下车。车门开时，却不出去，而是站在门口大口吸气，两手把着门，那个站空无一人。门关上的一瞬间，他突然出去了。隔着玻璃回头朝地铁一笑，他一直知道我在窥视他。他或许在模仿某部电视台里播放的间谍片，临时给我分派了盯梢的角色，他脱身了，我看见他站在电梯上慢慢升起，像是仙人。地铁再次飞驰起来。

忽然看见那位蒙帕里埃来的诗人正夹着几本书朝黑漆漆的楼梯口走去，我们几天前在蒙帕里埃的诗歌之家一道朗诵了诗。他也看见了我，挥挥手，不见了。

街边有台支在玻璃橱窗里的电视机在放这个镜头：一头狮子被关在玻璃盒子里，周围坐着一群人，近距离地观看这头狮子。看它舌头上的红色斑点，牙齿上的斑块、头发，生殖器上的褶，爪子上的血丝，雾蒙蒙的眼睛……狮子用爪子拍打着玻璃，那物质坚固光滑，狮子一扑过去，立即滑下。狮子像个哑剧演员似的做出可怕的撕咬啮啃的动作，很愤怒的样子。它也许感觉到了虚无，这是人类唯一可以教给它的，虚无是一种平面感。无论如何崛起、萎缩、张牙舞爪、垂头丧气，结局都是一个光滑的平面。这头狮子后来改变了对人类的原始印象，人类没有了血腥味，它再也不发动攻击了，它对近在他脸毛边上的人类视若无睹，世界观的改变只因为一层玻璃。

闲逛者慢悠悠地摇着，就像是老香客手里的转经筒，转一下停一下，发呆，想入非非，没有路要赶。疾风中的落花，风头已经飙出去几千米，它还没有落到地上。牛气了半年的股票从 9 点开盘，一小时后，直线下降，跟着废纸满地滚，痛哭流涕。他走下一座五十多级的台阶，还没下到地面，仿佛是从玛雅神庙里出来。洪流中的石头，拦脚绊手。这家伙会忽然蹲下来，差一点把后面赶点的年轻人绊个狗抢屎。以为他要系鞋带，却是要摸摸蹲在路边的一只癞皮狗的头，和它唠叨几句。

便条集 · 503

最后一件圆领衫
在体育商店门口飘扬
我喜欢那颜色
某个没有身体的人曾经穿过
旧了一点点
价格降低
润物不留痕
体温犹存
前任是谁啊
吾服之
——2008 年 9 月

55

2011年11月5日

闲逛者没有什么目的地，向南走着走着，突然转身向北，后面紧跟的人差点撞到牙床。另一闲逛者看见他蹲着看地面，以为发现了什么有意思的，也停下来，伸头去看，他突地站起来，脑壳子撞上后者的下巴。后者很尴尬，牙齿生疼，也不便发作。或者对着百货公司的大橱窗仔细端详，或者弯着腰观察银行的自动取款机的神秘出口。让开！有人一声断喝。闲逛者跳开去，扬头张望云彩，刚刚还是一头熊，现在变成一辆干草车了。要在这个世界看云彩，没有比站在这个台阶上更好的地方了，他深知这一点，这是他生存之道的一个秘方，看云使他长寿。其他闲人看见他望，也跟着望去，没望出什么名堂。有人看出一群豹，有人却看出一堆坦克，有人看出的是一尊弥勒佛，仁者见仁，智者见智，但是给不看的人感觉是，天上出事了。

世界风尚以新为贵，巴黎以旧为荣。失效的城市，只是朝着美泛滥，越来越美，后退着，跟着塞纳河上纯金般的落日，朝着时间的黑夜。未来在过去，不在将来。从前具有某种意义或者用途的装饰、浮雕、塑像、符号、暗锁、管道、拉手、钉子、栅栏、死巷、大门、窗子、阳台、扶手、砖块、瓦……早已时过境迁，失去了功能，含义不明，巴黎由它们在着。巴黎自有巴黎的美学，自有自己对美的最高标准，所以它会产生普鲁斯特那样的作家。如果以积极进取的世界观来评估，《追忆似水年华》的作者完全是浪费时间的无聊文人，《追忆似水年华》不正是一堆正在闲逛、含义暧昧的文字嘛，《尤利西斯》也是。世界日新月异，谁有工夫去读这些令人昏昏欲睡的段落：

> 我又睡着了，有时偶尔醒来片刻，听到木器家具的纤维格格地开裂，睁眼凝望黑暗中光影的变幻，凭着一闪而过的意识的微光，我消受着笼罩在家具、卧室，乃至于一切之上的朦胧睡意，我只是这一切之中的小小的一部分，很快又重新同这一切融合在一起，同它们一样变得昏昏无觉。（普鲁斯特《追忆似水年华》）

巴黎就是一位可以体验的普鲁斯特，过期的死巷、过期的窃窃私语、过期的光线、过期的阴谋、过期的烟囱、过期的革命、过期的约会、过期的钟、过期的阁楼、过期的教堂、过期的时髦、过期的思想、过期的如胶似漆（天哪，天涯海角有多少人梦寐以求着到巴黎来做那种爱）。

死者卧像

[法]米歇尔·德吉　李金佳 译

从那个旅馆的房间开始我从未停止失去你
赤裸着　背对着我　你冲我喊滚开
我已忘记争执的原因　我的过错
却记得墙纸　你弯曲的脊背
还有日光和衣柜的静物画
还有我站起的无痛的信仰：我会重新见到你

56

2015年6月10日

野兔的手臂毛茸茸的，而且他总是喜欢穿T恤，就是冬天也如此。他非常机灵，聪明得吓人，他只在中国待过10年，我们可以讨论隐喻、汉语的不确定性、第三代诗如何超越朦胧诗等等，但日常语言就有点卡壳，那些最简单的句子，比如“我要一杯咖啡”，他说起来可不那么容易。这不是一句话，有许多口气，在不同的场合，语气不同。有时候意味着命令，有时候意味着请求，有时候只是漫不经心，怎么都行。野兔总想把他的汉语说得不那么生硬。理论是灰色的，歌德说，谈论理论的语言也是灰色的，生硬有利于准确。我认为普通话是一种更适合谈论理论的语言，辩论意识形态你无法讲方言。文明不是发明一些观念、说法、修辞，名副其实非常重要。文明的贡献在于活法，而不只是说法。野兔想把他的汉语讲得就像是一种方言，他自己一个人的方言，他做到了，只是不稳定。他说，我小时候经常在运河边上玩。我就跟着他回去他的小时候，穿过两条街就到了。圣马丁运河，长4.5公里，1825年通航，这是从前巴黎用来输送货物的一系列水闸，一级一级地升高，每个闸门上面都有一座桥。这是少年的天堂，他们马上就会想到其他的用途，钓鱼，游泳，恶作剧，将某个背错了书包的倒霉蛋推下去。从早到晚，运河边上总是有可疑的人在那里待着，关系尚未确定的情侣、同性恋者、酒鬼、流浪汉、难民、聊天者、诗人、画家……河边的水泥台阶上弃置着一堆堆酒瓶，很快又不见了，又再次出现，仿佛是谁的呕吐物，夜晚的天空上藏着一个大酒鬼，它吐出了这些瓶子。运河边也有许多小店，其中一家卖麻料衣服，老板是个白胖子，他的摊子上藏着一本书，读过诗吗（在巴黎你这么问很正常）他说不仅读过，而且年轻时也写过。我在他店里买了两件，一件灰色的，一件米黄的，但是我没有穿这衬衣的时间，将它们放在箱子里。街道对面的面包店排着长队，一开门就有人来排，这家面包店 **1870** 年就开始卖面包。时代一个个倒下，面包还是那个面包。

他睡了一觉，把被子卷起来放好，他对床的理解是一种魏晋式的

巴黎之光，先贤祠或者某个教堂，我忘了

以凯旋门为背景摄影留念

凯旋门下的沉思者

暮色中的凯旋门

用早期的数码相机拍的，像素是 600

下午的巴黎之光

某条街

共和国广场

下午 5 点半

下午3点

巴黎星期日的长跑

夏天的冰激凌

夏日巴黎之光中的腿

坐在台阶上看手机的男子

三少年

继续走还是转身，“事关终极的决定总是通过小事烦人”

前面是十字路口

塞纳河畔，下午 7 点

塞纳河畔，下午 7 点半

黄昏，巴黎一条街的阳台

暮色中，即将沸腾的塞纳河

塞纳河畔的暮色

独自一人坐在塞纳河的暮色中

塞纳河之夜

57

2015年6月13日

黄昏就要来临，街道洋溢着温暖的微光，海鲜店的鱼和虾在街面上闪耀，还有红辣椒和番茄。我穿过街道走去一家书店，取我的诗集。位于拉丁区的“文字书店”，在一条五步就可以跨过去的小街上，曹植的诗还没有写出来呢，我已经站在书店门口了。我童年时代在昆明看见过的那种书店门面，灰蒙蒙的，有人驻足，猜测他到底要买什么。世界上大多数诗集都不像通常的书，读者要辨认一下。对面是一家咖啡馆，门口坐着一只狗和它的主人，他们各玩各的，主人在做报纸尾部的填字游戏，狗在舔自己的尾巴。书店的老板是维尔兰女士，诗人，她丈夫也是诗人。她正在书店摆放书籍，隔着玻璃看见我在街道上张望，开门出来迎接。拥抱，臃肿而热情，燃烧了一半的烈火，诗人们的姑妈。书店只有10平方米，木柜子上陈列着各种诗集，倒塌了几本。世界各地的诗集都有，封面设计得很朴素，没有因为被冷淡而自我包装。落后而自信，墙上贴着几张发黄的纸，是某位画家的作品，这使书店显得更旧，像是旧书店。不是，许多诗集刚刚才印出来，还闻得着轻微的墨香。书店后面还有一个连通房间，是编辑室，桌子上堆积着各种纸张，中间是电脑、咖啡杯什么的。最后面有一道门，开门出去是一个四边有着拱廊的院子，左侧在走廊中间嵌着一个小厕所，搪瓷蹲坑被岁月冲洗得像瀑布下面的石凹，大概已经用了一个世纪，水箱的拉手都是古董。木头门上有缝，蹲下去可以看见外面，如果有人急匆匆地走来，你自己先敲下门，那人就知趣而退，去学习隐忍。我们站在书店里聊天，不一会儿，尚德兰来了，小巧而精明的妇人，穿着短大衣和精心挑选的围巾，有一种暮色的调子。她喜欢摄影，经常扛着一个装着长镜头的相机对着一个小东西对焦，她能把一片叶子上的斑点拍成落日。她翻译了我的诗集，我们写许多信来讨论那些我自己都不知道的含义。我们吃了蛋糕、燕麦面包和咖啡。其间进来了几个人，不是读者，都是巴黎的诗人，有些诗人整日在街上闲逛，坐在某处喝咖啡，写点什么，读点什么，博物馆里溜达一圈，看看某人的作品展。差不多了，再来文字书店走一趟，问候维尔兰。每个书店都有一个自己的读者小圈子，这些小圈子就像墨水一样在时间的宣纸上日复一日地洇开去，如果那滴墨水足够深的话。当然，许多墨水可熬不住，干了。我得到 **20** 本诗集，摞在那儿，浅蓝色的薄砖，诗集叫作《被暗示的玫瑰》。

另一本法语诗集叫作《小镇》。在图书馆工作的艾斯黛尔为这本诗集画了插图。她喜欢版画，自己买了一台价格不菲的老式油印机，支在家里的阳台上。一屋子都是画、书籍、照片、雕塑……铺着伊朗地毯。这个老姑娘每天睡在一个私家小博物馆里。她父母是贵族，住在巴黎附近的乡下。在巴黎，贵族一词可不是什么词典里布满灰尘的旧词，他们就在巴黎的一家公园散步，打着伞。图书管理员傅杰和住在奥尔良的穆沙翻译了这本诗集。傅杰上世纪八十年代就来到巴黎，像我一样，青春期阅读了许多巴黎作家的作品，感同身受，刻骨铭心，云南大学中文系的美丽女生，有时候全校都看见她在银杏树下面背单词。机会一到，就逃到巴黎来了。她不是来留学，不是要去奋斗，成功，出人头地。她是要逃进一种生活、一种爱情、一种角色、一种此在。只有在巴黎，她才能成为那个她梦想中的自己。这个世界有一种普世路线，你想成为画家，你得到巴黎去，你想成为作家，你得到巴黎去。你想腰缠万贯，你得到纽约去，到上海去，到东京去，到香港去。你要革命，你得到延安去，到圣彼得堡去。上个世纪30年代，鲁迅在世的时候，上海一度是文学青年的根据地，萧红、沈从文、周氏兄弟……一大批都跑到上海去。纽约也一度成为世界自由诗的中心，艾伦·金斯堡、凯鲁亚克们整日在高架桥下面游荡、饮酒、唱歌、抽大麻。许多日本人跑到那里去当艺术家，激浪派的白南准就是从日本逃过去的。但时过境迁，纽约、上海都衰落了，金融势力卷土重来。只有巴黎岿然不动，就像耶路撒冷或者布达拉宫那样岿然不动，继续鼓舞着人们朝圣，缪斯已经定居在塞纳河的岸上。30年后，昆明人傅杰已经成了地道的巴黎人，嫁给巴黎人，孩子在巴黎高师读书。她的生活不是在图书馆上班，就是在画画，做雕塑，写东西，沿着塞纳河漫游，听着教堂的钟声。傅杰天赋很好，就这么磨磨蹭蹭地在巴黎一面工作，为书籍分类，归档，然后回家做中国菜，一面当着艺术家。多年下来，已经有一批作品，也参加过展览。虽然还没有什么名气，在巴黎不需要什么名气，画画、写作之类的事在巴黎就像坐地铁一样平常。一块砖掉下来都可能砸到一位诗人的脑袋。有一天，我和安妮在一家咖啡馆吃午餐，旁边一位黑皮肤姑娘在电脑上飞舞手指，长腿上套着长丝袜，跷着二郎腿，还叼着一根烟，“那种派头”。聊起来，她来自摩洛哥，正在写一个电影剧本。像傅杰这样高质量的艺术家，在巴黎可太多了，她心仪的是古典风格。在巴黎当个艺术家你必须老老实实，别耍什么花样，花样在这里像建造房子的岩石一样密集，世界上那么多才子、外省天才、犬儒、书呆子、聪明人、国际盲流、闲极无聊的家伙都待在巴黎呢！在巴黎，几乎每个人都是文人，就像宋代。

穆沙是个小老头，巴黎《诗歌》杂志的副主编，住在卢瓦尔河畔一条僻静的小街上，隔壁就是高更叔叔的房子，高更在这里住过。他家后院的花园里埋着古罗马的陶罐，他挖到些碎片，自己修复了一个碗。有时候，穆沙邀请诗人来他家的花园里开朗诵会，吃点他夫人做的土豆炖鸡。有一天，他在一个桥洞里发现一个流浪的马里人，收容了他。马里人在他家住了10年，学会了法语，找到了工作，取得了合法身份，后来发病死了。我见过他，正在花园里站在一个梯子上为苹果树修枝。穆沙是个巴黎狂，动不动就挎上那个心爱的褐色斜背挎包，大步走过卢瓦尔河上的石头大桥，一边走一边模仿着在大桥下面上下跳跃的鸟儿们的节奏，暗暗地调整自己的步调，念出一句诗来，“它们像箭头一样散开”。“到巴黎去”，永远令人憧憬，永不结束的“重新开始”。这与“到罗马去”不同，到罗马去必须胜利、厮杀，否则只有失落、被抛弃。到巴黎去，那儿正在发生什么！是的，一个画展就要开幕，一场音乐会就要举行，一个跳蚤市场正在铺摊，一首诗已经跃出黑暗。一位天才到达了格勒奈尔街 192 号，从另一个门进的话，是罗比亚克广场 2 号，他将在这里修改《尤利西斯》。10 分钟后，穆沙跳上火车直奔巴黎，晚上又回来。好在奥尔良不远，车程一个多小时。巴黎的火车站也不麻烦，火车一直开到你的面前才停住，你可以径直就走到你的座位上去。在昆明，火车是遥不可及的东西，你得穿过许多大厅、房子、检票口，依然看不见火车，你还要穿过地下隧道，坐上去真是千辛万苦，火车高不可攀地被藏在某处，很不情愿被乘坐似的。在巴黎，你自己在自动检票机上将车票打个口，火车就在旁边。有一次我去奥尔良，对面那个面貌和善的黑人教我怎么使用车厢里的自助灯。微笑，做鬼脸。我断定他是一个善良的人。查票的来了，他没有票。职员慢条斯理地开着罚单，并不批评教育他，他一副习以为常的表情，掏出信用卡交罚款，但在后来的旅途中一直闷闷不乐。

傅杰先把诗译出初稿，然后与穆沙讨论修改。断断续续做了一年，艾斯黛尔读了，很喜欢，就为它刻了一组木刻插图，**17**幅。傅杰通过网络，找到了一家叫作墨音的小出版社，愿意出钱出版这本诗集。疯狂的出版社！于是我在五月的一天，在巴黎**6**区的圣舒尔皮斯教堂广场的巴黎诗歌市场见到了墨音出版社的老板阿兰·博朗。这家出版社在普罗旺斯的蒙特里马尔，他一个人的出版社。阿兰是一个满脸胡茬的高个子，拥抱我，很荣幸出版这本诗集。这里就像唐朝的长安，诗人云集，有五百多家诗歌出版社在这里摆摊。中间有一个棚子，诗人可以在那里举行朗诵会，棚子里一场接一场，总是坐满听众，他们听完就散去，不知道他们听到了什么。诗人也可以在出版社的书摊前面朗诵自己的作品，这种朗诵就像杂技演员在阳光灿烂的集市表演，很美。一个诗人站着或坐着，旁边围着几个人。采诗官也混在人群中。

哀乐之心感，而歌咏之声发。诵其言谓之诗，咏其声谓之歌。故古有采诗之官，王者所以观风俗，知得失，自考正也。《汉书·艺文志》

采诗听歌导人言。言者无罪闻者诫，下流上通上下泰。周灭秦兴至隋氏，十代采诗官不置。郊庙登歌赞君美，乐府艳词悦君意。若求兴谕规刺言，万句千章无一

> 字。不是章句无规刺，渐及朝廷绝讽议。诤臣杜口为冗员，谏鼓高悬作虚器……君之堂兮千里远，君之门兮九重闭。君耳唯闻堂上言，君眼不见门前事。贪吏害民无所忌，奸臣蔽君无所畏。君不见，厉王胡亥之末年，群臣有利君无利。君兮君兮愿听此，欲开壅蔽达人情，先向歌诗求讽刺。(白居易《采诗官》)

这些采诗官是各种诗刊的主编、诗歌批评家。市场上有数千种诗集，诗歌市场每年举行一次，诗歌出版社来自法国全国各地，有一个人的出版社，比如墨音。大出版商、外国的诗歌出版社也有。为期 **4** 天，有 **5** 万多人来玩。我和艾斯黛尔坐在墨音出版社的小棚里，当场确定诗集的排版、封面字样等等，真是惬意至极。这时尚德兰领着一个人过来，介绍说他是“发现者”诗歌奖的主席。他告诉我，尚德兰翻译的我的《被暗示的玫瑰》入围了，法国各地中学的五千名中学生将为入围的 **6** 本诗集投票，然后评委再投票，明年 **5** 月分晓。真是一个好日子。

58

2015年6月12日

诗人菲利普住在蒙特勒伊罗伯斯庇尔地铁站附近的一个旧钢琴作坊里。菲利普的祖先是法国贵族，现在他是热爱诗歌的穷人。他以便宜的价格买下了这家旧钢琴店，一堆19世纪留下来的老房子，稍不注意就会被拆掉。两层楼，他一家住在楼上，楼下做剧场，因为靠近罗伯斯庇尔地铁站，所以取名断头台小剧场。罗伯斯庇尔是雅各宾党人，法国大革命的明星，36岁被送上了断头台。我知道这个人，1979年，我在工厂当工人的时候，不知道从哪儿得到他的一本书，1965年出版的《革命法制与审判》，我背诵过几段。那时候我内心充满革命激情，有一天我在工厂的一个批判“四人帮”的大会上用他的一句话结束了一场演讲。蒙特勒伊有一种波西米亚风格，聚集着非裔、阿拉伯人、艺术家、诗人、流氓、小偷、无产者、偷渡者、难民……夏东说，巴黎那些富裕的左派知识分子也喜欢住在这个地方，以示他们不脱离底层。菲利普想在这里建一个世界诗歌图书馆，收集各式各样的诗集，也举办活动。他有一帮朋友，他要搞活动的时候，他们就来帮助他。菲利普60岁了，住在楼上，乱糟糟的头发，一脸胡子，肥胖，就像巴尔扎克描写过的某人。有一个晚上，我们在傅杰家聚会，他很害羞地、磨磨蹭蹭地从油腻的西装口袋里摸出一张皱巴巴的纸，上面写着一首诗，改得很厉害。我的诗歌朗诵会是他的小剧场建立以来的第二场活动，那天晚上来了几十个人，他的两个儿子卖票，7 欧元一位。除了听朗诵，还可以吃一顿晚餐，三明治、沙拉、水果、蛋糕、啤酒、饮料什么的。一个国际诗歌俱乐部，有俄国诗人、意大利诗人，有面色红润、表情阴郁的巴黎某已故的诗人的长子（长得像普鲁斯特），有非裔、留学生、太太、少年……安娜的丈夫是诗人，他叫布鲁诺，写诗之外，也搞翻译，目前正在翻译博尔赫斯。见到我，他笑眯眯地摸出 3 个小口琴。这是一档子真正的巴黎诗人，似乎永远弄不好自己的生计，难以衣冠楚楚，穿着通洞的皮鞋，总是洗不干净的衣服，出版过一两本石沉大海的诗集，走起路来衣袋里的硬币叮当作响。每天早上去面包店带回一根长棍面包，再喝点自来水管里的冷水，他们就能过上一天。一个个活得乐滋滋的。这个背着吉他，那个挎着手风琴。意大利诗人古诺牵着自己的小女儿，他的手风琴拉得极好。阴暗的房间，大家坐在那些破沙发上，就像一群在讨论起义的革命家。有一个面色苍白的男子告诉我，谢阁兰是他的祖父。古灏主持朗诵会，我朗诵了《便条集》，安娜、菲利普和野狗朗诵法语。《便条集》是野狗翻译的，他并非职业翻译家，只是业余爱好。他翻译了我的 200 多张便条。我朗诵了一批便条，我说我的诗就是贴在柱子上的寻人启事或者啤酒馆里的纸杯垫。中间大家去吃点东西，然后接着朗诵，相当安静，外面的大街也很安静，举着孤独的灯。最后，古诺拉起手风琴，大家围着他手拉手绕着圈跳舞，直到最后一班地铁将要到站才离开。

菲利普和野狗再次策划，在断头台小剧场朗诵我的长诗《0档案》。野狗在网络上公布了消息，他刚刚翻译完了这首长诗。之前，李金佳和魏简已经翻译，已经在巴黎出版。他不同意那种译法，他用自己的方式再次将这首诗译成法语，只是好玩。我跟着野狗，从罗伯斯庇尔地铁站出来，穿过一个公园，草地上躺着一个个皮肤漆黑的人，有人睡着了，有人坐在花园的围栏上望着什么，眼眶深邃。有人朝着树根浇尿。两个人在吼叫，互相指手画脚，忽然像鸟儿那样张开翅膀奔跑起来。经过街口的时候，我按了一下快门，一个黑皮肤的人从街对面冲过来，指着我大吼，NO！ NO！ NO！我并没有看到他，但他站在这条街上。小剧场临街的大玻璃窗灰蒙蒙的，依稀可以看见里面，从前里面坐着弹钢琴的人。大门摇摇欲坠，已经开关了上百年，门板上贴着些不知猴年马月的小广告，就像一张糊着膏药的麻风病人的脸。门歪着，已经没法开了，在中间又开了一道小门。野狗按了门铃，一个老而结实的黑皮肤的男人开门，秋天的玉米般咧着嘴笑，他是菲利普家的守门人阿法。这个地方看起来像雅各宾党人的秘密接头点，院子里面藏着小路和许多简易房间。阿法是马里难民，菲利普收留了他，他就住在空作坊里。他一来，亲戚、朋友、老乡都跟着涌进来。过了几年，菲利普的家成了一个小村庄，陆续住进来 **70** 多个人。他们倒腾淘汰的洗衣机、冰箱，弄到黑市，甚至运到非洲去卖。菲利普已经管不了他们了，由他们待着，这是一首诗。

朗诵 **7** 点开始。菲利普说他去买点面包。进来了一个瘦子，他是一位杂技演员，叫作卡洛斯。他在网上看了诗，要求参加，就来了。又来了一个相貌威严的男子和一个其貌不扬的男子，他们一语不发坐下来。天还不黑，外面的街道闪着灰色的光。菲利普回来了，带着一根冷掉的面包棍、两节硬香肠和一瓶红葡萄酒。他走去将上次活动扔在水槽里的盘子杯子各洗了几个，切开面包和香肠，大家草草吃过。又进来了一个人，他犹豫不决，满怀狐疑地四处打量，终于决定坐下来。可以开始了，到场的连我一共 **6** 个人，阿法站在门帘边，望着黑夜。野狗说，卡洛斯先表演杂技，然后菲利普和他朗诵法语全文，我最后用中文念其中一段。卡洛斯先取出一顶帽子，让帽子从他的左手臂慢慢地滚到头顶，又滚到右手臂，再滚到背上，序曲。然后，拖过一张小桌子，在桌子上铺开几张纸，手掌轻轻地贴到纸面，巫师般地吸口气，纸就跟着他的手掌升到空中，然后这些 **A4** 纸又跟着他的巴掌贴到他的身体上，他手舞足蹈，纸张在他身上前后起伏跳跃，噼噼啪啪，越来越激烈，仿佛是身体在跟纸搏斗。天还没有黑透，大玻璃窗子外面糊着一层明亮的雾，卡洛斯的身影就在这雾里头闪动。最后，这些纸像是已经被施洗，一张张落到地面，倒下，上面印着我的《0档案》。菲利普和野狗将这些被唤醒的纸拾起来，开始朗诵。有人在窗子外面凑头朝里面看，像是在看动物园。最后我念汉语。一首诗里面藏着无数的声音，我的声音沙哑，野狗的声音沉稳，菲利普的声音像是一只猫在学习男低音。过了快一小时，又来了两个观众，一对情侣，双双穿着黑色的皮裤子，刚刚跨出摩托，提着头盔。最后大家泄气般地安静下来，诗念完了。沉默了一阵，喝了点葡萄酒。相貌威严的男子说，他在《世界报》当记者，也画画。他在为蒙特勒伊画素描，用一支铅笔。他想在这些古老的街区被拆掉之前把它们画下来。其貌不扬的男子问我，有没有读过贝克特的一首诗，他说了一个名字，我没有读过。天已经黑透了，我们离开断头台走去地铁，风很大，每个人的围巾都飘起来。已经是2015年的10月23日，冬天就要来了。两个陌生人在街道边上大声地嚷着什么，挥舞着手臂，我们绕开了他们。

多年前，牟森来巴黎演出他根据《0档案》改编的诗剧《0档案》。我坐在台上看着；吴文光站在舞台前面，说他自己小学时的事；蒋樾蹲在后面，戴着面罩，用电焊机焊接一堆钢筋。舞台上焊光闪闪，就像我16岁时上班的车间，我依旧记得那些湖蓝色的电焊机。有一天，我在蓬皮杜看见基弗的作品，他画了这些车间。我发现车间的结构就是教堂的结构。一小时后，蒋樾已经将钢筋焊满了舞台，他们又在钢筋头上插上一个个苹果，非常壮观，一个荒诞的苹果园。最后，他们将这些苹果拔下来砸向一个锈迹斑斑的鼓风机，苹果屑四处飞溅。这个剧象征意味很浓，观众疯狂鼓掌。之后我们去一家酒吧喝酒，中国人、法国人、德国人，很长的桌子，大家兴奋得就像一瓶瓶红葡萄酒。已经是20多年前的事了。老朋友在世界的何处，没有电话号码。深夜，地铁车厢就像曲终人散的舞台，冷风嗖嗖，经过一个车站，站名的意思是樱桃园。巴黎地铁有许多古老的名字，它们以前曾经名实相副。

10月4日是巴黎的白夜节，每年10月的第一个星期六举行。此夜，巴黎的部分博物馆、公园、教堂、音乐厅对公众免费开放，地铁、公共汽车整夜运营，塞纳河上的游船也照开。这个活动是从2002年开始的。巴黎还在发明节日！它已经有无数的节日。傍晚下了一场雨，天气骤冷，但根本阻挡不住狂欢，成千上万的人一伙伙、一对对握着酒瓶穿街越巷，情侣们手拉手涌向塞纳河两岸。人们在街道上跳舞、演唱、放烟火……仿佛回到了中世纪。

巴黎诗人菲利普

诗人穆沙家的厨房

断头台小剧场的诗歌朗诵会

在艾斯黛尔家阳台所见的巴黎

下地铁

等待下一班地铁到站

地铁进站了

即将关门的地铁

七号车厢的歌手

紧紧抓住不放

驶向地幔深处的地铁

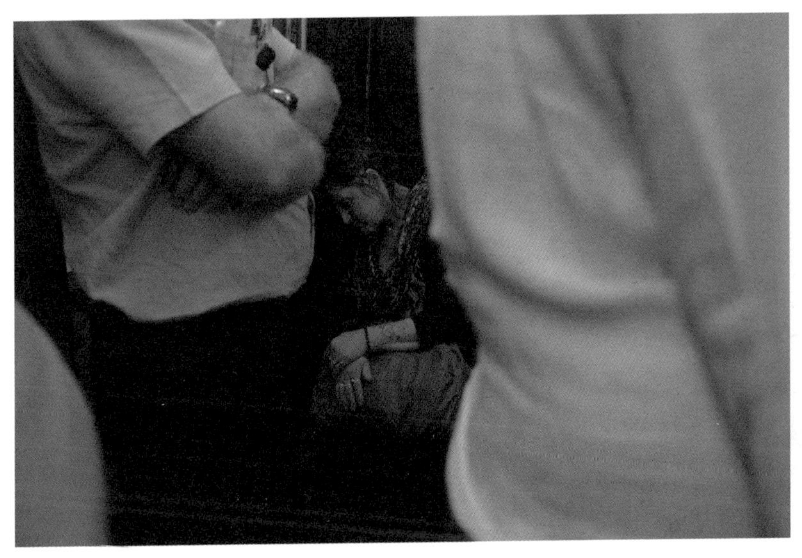

她睡着了

在第 1 001 个夜晚走出地铁回家

从卢浮宫的一个窗子所见的巴黎，那是 20 年前

59

2015年6月11日

我和傅杰在巴黎的圣－图安跳蚤市场乱走。这个**19**世纪兴起、本来是一些聚居在城墙外以拾荒为生的贫民卖旧货的市场，因为摆出来卖的破衣烂衫里跳蚤太多，来一趟总免不了带几只跳蚤回去，所以被叫作跳蚤市场。这个名字后来被收到词典里，成为所有旧货市场的代名。巴黎就像一个巨大的二手店，到处都是旧物，街道是旧物，小巷是旧物，宫殿是旧物，咖啡馆是旧物，书店是旧物，博物馆是旧物，教堂是旧物，塞纳河是旧物，连埃菲尔铁塔都旧了，那个铁架子现在看上去就像一个黑色的巴别塔，来自世界各地的语言在那里都消失了，只剩下一双双迷惘的眼睛，这就是巴黎的高处，白云，乌云，没有云，天空辽阔。这个城市的居民迷恋时间，总是在时间中左顾右盼，犹豫不决，翻来找去，生怕由于自己的无知，倒掉了什么宝贝。宝贝只有时间能够发现，他们深知。仿佛巴黎人知道孔子的那个教导：温故知新。巴黎的魅力和深度正在于此。如今圣－图安市场有**2 500**多个摊位，分为六个区域。一个各阶级的弃物组成的迷宫，泾渭分明。在核心区，摆着的都是来自豪宅别墅的自命不凡、包浆雅致的家什。靠近马路，则是形迹可疑的家伙们的据点，他们卖各种来路不明的东西，全新的，半旧的，铺张报纸就是摊位。脏乱差，没有人在乎，没有城管，混乱中暗藏着秩序。摆摊可以，卖什么也没人干涉，但不能阻碍过道。这个黑人卖一条皮带三个钱包，他自己不用钱包。那个胖子卖一双意大利产的缪缪牌皮鞋，自己则穿着通洞的耐克，露出半粒脚趾。一位黑乎乎的大娘在卖一堆锁。另一个阿拉伯人卖的是两把镶着贝壳的白铜勺子，我买下了，10欧元。旧衣服、旧鞋子一摊一摊地摆着，臭烘烘的。有些好东西，碧玉耳环、金子项链、牛角镶边的小镜子、香水、眉笔……以前是摆在床头柜、梳妆台上的，现在移位到一张张皱巴巴的旧报纸上，挤眉弄眼，瞅着客人们的钱包。一处桥墩下面，尿流滚滚，附近没有公共厕所，除非去咖啡馆。

忽然，我瞥见一个牌在一堆旧东西之间发亮，那是圣像牌。圣者被画在一个杂志大小的厚木板上，大胡子，黑眼眶，环绕着光圈，法衣烫过金，庄严，华丽（隐约还看得出），色调深邃，老掉的黄金之色。它被摆在一些不相干的什物之间，碗啦，碟子啦，勺子啦，电熨斗啦，插座啦，钢笔啦……鹤立鸡群。怎么会出现在这种贫民窟般的摊子上？有些狐疑，转念一想，要出现在哪里？这难道不就是圣像会出现的地点吗？它可不是教堂里的宠物。从前，怀里揣着圣像牌的人、集市转悠的人多的是。木板已经发黑，很重，背面写着些字母。傅杰问摊主，他是个棕色脸膛、大眼睛的小伙子，说圣像来自俄罗斯，后面的字是俄语，他看不懂。我毫不犹豫地买下。后来回到旅馆，两个巴黎朋友来找我，就取出来给他们看。他们一看就说画的是圣尼古拉，并正色警告，你可不能坐在上面！两位法国朋友一面告诫我，一面小心翼翼地帮我将圣像牌包起来，他们诚惶诚恐的动作令我心生疑虑，犹豫着要不要将它带回去。最后，还是勇敢地带回来了。回家后不久，忽然收到来自俄罗斯的信，一位素昧平生的女士写来的，她说她正在翻译我的诗。我就请她翻译木板后面的俄语，是：

> 赠司祭韦涅季克特神父修士。
>
> 圣尼古拉请庇护他，让他避开所有邪恶之源。
>
> 圣尼古拉请为我这罪孽深重的人祈祷上帝。

尤格雷斯基修道院院长、大司祭瓦连京修士赠

1895 年 10 月 3 日　尤格雷斯基

据百度百科：圣尼古拉生于吕基亚（罗马帝国设在亚洲的一个行省）的一座希腊殖民城市帕塔拉（位于今土耳其境内）。他曾是一名水手或渔夫，年轻时就全力投身于基督教的传播活动，后来成为米拉城的主教。圣尼古拉被封圣的时间可能相当早，在查士丁尼一世（527—565 在位）统治东罗马帝国时期，君士坦丁堡就建起了一座以圣尼古拉命名的教堂。世界各地的信徒普遍纪念圣尼古拉，东正教会尤其重视对他的纪念。他是

水手、商人、弓箭手、儿童和学生的主保圣人，也是俄罗斯的主保圣人之一。

尤格雷斯基修道院在莫斯科附近的乌格雷沙（ugresha），是**1521**年建立的。据说，当年有位修士来到乌格雷沙，做了一个梦，梦见圣尼古拉来到他的梦中，他狂喜道："我的心在燃烧！"于是，他就在那里创立了修道院。后来修道院被毁掉，上世纪四十年代重建。乌格雷沙更名为捷尔任斯基，捷尔任斯基这个名字我少年时代就知道。他是全俄肃反委员会（简称"契卡"）即克格勃的创始人。

就是这样，**2015**年**6**月的一天，天气炎热，在巴黎的跳蚤市场，我买到一个旧东西。一些相距甚远的词于是被召唤集合起来，这种语词的聚集就像是一个传奇或者一首诗。没有这个经历，我的词典中恐怕永远不会出现圣尼古拉这个圣名，我知道圣尼古拉，但我不知道他就是圣诞老人。我听说过捷尔任斯基，但早就忘掉了。因为要记这件事，我再写信问傅杰我们去的是哪个跳蚤市场，于是我知道了跳蚤市场一词的起源。

后来，我和傅杰去圣－图安跳蚤市场路边一家咖啡馆喝一杯，旁边有一个墨西哥的乐队在演奏，推销一种印着弗里达的画的纪念品。我一边喝橘子水，一边紧紧地攥着塑料袋，那位阿尔及利亚的小伙子只是用报纸稍微包一下，就将圣像塞进塑料袋里，这是一个大而厚的塑料袋，我一直担心圣像掉出来。

60

2018年3月21日

“您从哪儿找到这个的？”塞茜尔仔细看着那件珍宝，问道。

“在拉普街一家古董铺里，是古董商不久前刚从德勒附近奥尔纳拆掉的那座城堡里弄到的，从前梅纳尔城堡还没有盖起来的时候，蓬巴杜夫人曾在那儿住过几次；人们抢救了城堡里那些最华美的木器，真是美极了，连我们那个大名鼎鼎的木雕家利埃纳尔也留下了两个椭圆框架作模型，当作艺术之最。那里有的是宝贝。这把扇子是我的那位古董商在一张细木镶嵌的迭橱式写字台里找到的，那张写字台，我真想买下来，要是我收藏这类木器的话；可哪能买得起……一件里兹内尔的家具值三四千法郎！在巴黎，人们已经开始认识到，十六、十七和十八世纪的那些赫赫有名的德法细木镶嵌大家制作的木器，简直就是一幅幅真正的图画。收藏家的功绩在于首开风气。告诉你们吧，我二十年来收藏的那些弗兰肯塔尔瓷品，要不了五年，在巴黎就有人会出比塞夫尔的软瓷器贵两倍的价钱。”（巴尔扎克《邦斯舅舅》）

时间藏在巴黎的每一道缝里。“人们常能遇见一位穿得破破烂烂的邦斯或艾里·马居。他们似乎对任何事情都既不尊敬也不关心。无论女人还是橱窗他们都全不在意。他们是在梦中行走，他们的口袋里空空如也，他们的凝视漫无目标，人们会纳闷，他们到底属于哪一类巴黎人。这些人便是百万富翁。他们是收藏家，是这个世界上最富于热情的人。”（《邦斯舅舅》）巴尔扎克的意思是，这是些精神收藏家，口袋里空空如也，却收藏整个巴黎甚至更多。巴黎是收藏家的富矿，我指的不仅是那些19世纪就在私人小房间兴起的蜂巢般的私人博物馆，有2 500个摊位的圣－图安跳蚤市场，或者那些每个星期六乌云般飘进巴黎的临时跳蚤市场，也不仅是塞纳河左岸的古董街……巴黎本身就是一个遍布包浆的巨大古董，充满着奥秘幽深的褶皱。谁能像拥有一块从德鲁奥拍卖行拍得的劳力士金表那样拥有巴黎？没有，巴黎是上帝的古董。第八天，神创造了巴黎。

“大块假我以文章。”（李白）大块不仅是世界1，也是世界2，世界3。现代文明的趋势是“破旧立新”。巴黎却崇拜包浆，像孔子所主张的那样，温故知新。将世界本身视为古董而不只是处女地的意识，19世纪早期在巴黎悄悄地兴起。

> “收藏”是现代世界的生存者的抗争和慰藉。本雅明……提出了“内在世界”或“室内”的概念……由于

资本主义的高度发展，城市生活的整一化以及机械复制对人的感觉、记忆和下意识的侵占和控制，人为了保持住一点点自我的经验内容……在居室里，一花一木，装饰收藏无不是这种“内在”愿望的表达。人的灵魂只有在这片由自己布置起来、带着手的印记、充满了气息的回味的空间才能得到宁静，并保持住一个自我的形象。（张旭东《本雅明的意义》）

收藏可以关注任何门类的物品，（不仅仅是艺术品，那些在任何情况下都远离了有用事物的日常世界的东西，都是“好的”，因为它们一无用处。）因而才可以说，收藏使物品重新获得了作为一件东西的性质，因为现在物品不再是用以达到目的的手段，而具有它内在固有的价值……（汉娜·阿伦特《瓦尔特·本雅明》）

就像拿撒勒创造了耶稣，波恩大学创造了尼采，只有巴黎能够创造出本雅明。

像本雅明那样的收藏者则搜寻那些被认为毫无价值的奇怪的东西。（汉娜·阿伦特《瓦尔特·本雅明》）

对于收藏家说来，最心醉神迷的一瞬便是当他用一个神奇的圆圈一举把那些零星散落的条目纳入他的国度，这时他会感到一阵喜悦的震颤通过全身，这是获得的震颤。可以记起的一切，曾经思虑过的一切，所有意识中的事物都成为他财富的支座、框架和底基……收藏家是物的世界的观相术士，我们只要设想他那手把眼镜凝视物品的样子就不难理解为什么那些了不起的观相术士最终会成为命运的阐释者。当他把收藏品拿在手中，他似乎透过它表面看到了它的遥远的过去……（本雅明《书信》）

《邦斯舅舅》可以作证：

西尔凡·邦斯当初被国家派往罗马，本想把他造就成一位伟大的音乐家，可他却在那儿染上了对古董和美妙的艺术品的癖好。

无论是对手工的还是精神的杰作，他都十分内行，令人赞叹不已，包括对近来俗语所说的“老古董”，也一样在行。

这个欧忒耳珀（主司悲剧与音乐的缪斯）之子在1810年前后回到巴黎，简直是个疯狂的收藏家，带回了许多油画、小塑像、画框、象牙雕和木雕、珐琅及瓷器等等……

是的，外甥女！有的细木镶嵌家具，有的瓷器，现在是再也做不出来了，就像再也画不出拉斐尔、提香、伦勃朗、冯·艾克、克拉纳赫的画！……呃，中国人都很灵活，很细巧，他们今天也在仿制所谓御窑的精美瓷品……可两只古御窑烧出来的大尺寸花瓶要值六千、八千、一万法郎，而一件现代的复制品只值两百法郎！

确实，人一旦染上了什么癖好，就给自己的心灵设置了一道屏障，任何烦恼，任何忧愁都可抵挡。你们这些人再也不能把着自古以来人们所说的欢乐之盅痛饮，不妨想方设法收藏点什么，（连招贴都有人收集！）那准可以在点滴的欢乐中饱尝一切幸福。（巴尔扎克《邦斯舅舅》）

那么我们走吧，你我两个人，
正当朝天空慢慢铺展着黄昏
好似病人麻醉在手术桌上；
我们走吧，穿过一些半清冷的街，
那儿休憩的场所正人声喋喋；
有夜夜不宁的下等歇夜旅店
和满地蚌壳的铺锯末的饭馆；
街连着街，好象一场讨厌的争议

带着阴险的意图

要把你引向一个重大的问题……

——艾略特《J·阿尔弗瑞德·普鲁弗洛克的情歌》，查良铮译

在巴黎，漫游就是收藏，巴黎这个活着的古董日日夜夜考验着每个漫游者的品位。那些收藏“老佛爷”或者巴黎春天百货公司的腰缠万贯的东方暴发户，通常买一兜子巴黎香水，不顾自己的鼻腔是否喜欢，就算它像杀虫剂一样刺鼻，他们也照单全收，只要它是 PARIS。那些巴黎瓶子就是用光了也被珍藏在世界各地。我记得我青年时代的朋友吴文光的父亲藏着一个 1946 年在武汉买的波尔多葡萄酒的空酒瓶，冒着被红卫兵抄家的危险，这个酒瓶躲在他家的洞穴里，漂流过“文革”时代，1980 年才重见天日。那时，我在大学认识了吴文光，我记得我们在昆明尚义街 6 号他的小房间里轮流端详这只酒瓶，它就像刚刚漂到大海边，商标已经模糊不清了，只能认出 PARIS。那些收藏故居的装模作样的写诗的家伙们，日复一日地寻找着波德莱尔的咖啡馆、魏尔伦的乱伦房间、雨果的野心公寓……

同对象建立最深刻的联系的方式就是拥有这个对象。（本雅明）

> 收藏者的兴趣，在另一方面，不仅是不系统的，而且近乎杂乱无章，这种兴趣与其说起初由物品的质量——某种可以归类的东西——激起的，不如说是由它的“原真”，它的独一无二这种拒绝任何系统划分的性质所激起。（汉娜·阿伦特《瓦尔特·本雅明》）

巴黎创造了这种“原真”，它不是荒野的“原真”，是文明的“原真”，由于这种“原真”，文明可以一次次“温故而知新”，一次次“礼失而求诸野”，道法自然，通过诗、艺术收藏造物主的世界，这是老中国的一贯哲学，这种世界观曾经在宋代达到高峰。

> 非敢以器为玩也。观其器，诵其言，形容仿佛以追三代之遗风，如见其人也。以意逆志，或深其制作之原，以补经传之阙亡，正诸儒之谬误，天下后世之君子有意于古者，也将有考焉。（吕大临《考古图》）

山水诗、山水画都是对大地的保管、收藏。在宋代，更发生过“太湖石运动”，收藏对象从坊间流传的古董发展到收藏大地上的现成品，石头、花鸟都是。艺术形而上在中国早已登峰造极，可惜永远地失落了。“收百世之阙文，采千载之遗韵。谢朝华于已披，启夕秀于未振。”（陆机《文赋》）可惜本雅明和阿伦特都不知道陆机。

伏尔泰说到中国："专制君主不持偏见，一年一度举行亲耕礼，以奖掖有用之术；一切官职均经科举获得；国家只把哲学作为宗教，把文人奉为贵族。"巴黎似乎是一个人人都是文人的城市，倒不一定非得写点什么，画点什么。当你在一个阴郁的下午，穿过米拉波桥，你不知道谁是阿波利奈尔，你已成为文人，就像被洗礼一样。那座灰黄色的石头桥，塞纳河在它下面。

> 离开咖啡馆之后，还有地下爵士乐酒吧可去：在罗里昂黛酒吧，克劳德·陆德的乐队演奏布鲁斯、爵士乐和拉格泰姆调，而塔布俱乐部的明星，则是小号手、小说家鲍里斯·维昂。你可以随着爵士乐队高低起伏的音乐和吟唱摇摆，也可以在暗处的角落一边讨论真实性，一边听着卡扎利斯的朋友、同为缪斯的朱丽叶·葛瑞科那沙哑的歌声——1946年到巴黎后，葛瑞科成为著名的民谣歌手。她、卡扎利斯和米雪尔·维昂（鲍里斯之妻），会在罗里昂黛和塔布俱乐部观察新来的人，然后拒绝让那些看起来不适合的人进去——不过，据米雪尔·维昂所说，她们会让任何人进去，"前提是他们要有趣，也就是说，如果他们胳膊下夹着本书的话"。在常客中，有许多就是写了那些书的人，尤其是雷蒙·格诺（Raymond

> Queneau）和朋友莫里斯·梅洛－庞蒂，他们两人都是通过卡扎利斯和葛瑞科发现了夜总会的世界。葛瑞科开创了一种风尚，那就是留着又长又直的存在主义者发型——或者说正如一位记者所写的那样，“溺水者”造型——以及穿着厚毛衣和卷起袖子的男士夹克……（莎拉·贝克韦尔《存在主义咖啡馆》）

大部分房间都住过某个不入流的诗人或者艺术家，他们在洗衣船附近东张西望，在那些油腻的小本子上记下点什么。

> “他是个诗人！”德·玛维尔小姐心里想，“在他眼里，这值几百万。诗人是不会计算的，会让他妻子去管理家产；这种人很容易摆弄，只要让他玩玩无聊的小东西就满足了。”（巴尔扎克《邦斯舅舅》）

那些收藏咖啡馆的家伙，心满意足地在某张支在门口的小圆桌子边坐下来，扔个 5 欧元在小圆桌上，这个曾经混迹于珠光宝气之间的三流芭蕾舞演员，在这个小舞台上最后跳了一圈华尔兹，忽然倒下。那些大腹便便专门收藏羊角面包的家伙，吃了一个又一个。那些收藏二手内衣的异装癖，在蓬皮杜后面小巷里的那些顶级二手店里挤来挤去。那些收藏旧书籍的家伙，沿着塞纳河故作文盲，目不识丁地走着，忽然抓住一本……当然还有收藏爱情的家伙们，收藏孤独的家伙们，收藏忧郁的家伙们，收藏激情的家伙们。在巴黎，这些东西是那么自然，如果你是一位诗人的话，你只不过是一条狗罢了，没人稀罕。总之，在世界上其他地方总是很做作的事情，在巴黎很自然。

> 世界上唯独在巴黎这座城市，你才可以碰到诸如此类的场景，一条条大街在上演着一出连续不断的戏，那是法国人免费演出的，对艺术大有裨益。(巴尔扎克《邦斯舅舅》)

巴黎伟大的包浆甚至令收藏者本雅明觉悟出一种新的写作方式，他要写“一本完全由引文组成的书”。

> 我作品中的引文就像路边的强盗，发起武装袭击，把一个游手好闲的人从桎梏中解救出来。(本雅明《文集》)

> 著作的主体包括从上下文割裂下来的残篇断简，并用这样的方式把它们重新排列：它们互为解释，也就是说，能够在自由漂浮的状态下证明它们的 raison d' être(存在的理由)。它确实像幅超现实主义的拼贴画。本雅明的理想是写一本完全由引文组成的书，它们被安置得如此巧妙，以致可以省却任何相应的文本。(汉娜·阿伦特

《瓦尔特·本雅明》）

“通过钻井而不是开采的方式深入语言的内部”，“引文的现代功用诞生于绝望——不是对过去的绝望，像托克维尔所说那样，拒绝‘将它的光投射到未来’，让人类的思想‘漫游在黑暗中’，而是诞生于对现时的绝望以及摧毁它的愿望；因此，引文的力量‘不是保存，而是清除、撕裂上下文，是摧毁的力量’”。“对本雅明来说，去引文就是去命名，与其说是言说，不如说是命名，与其说是句子，不如说是词，引导着真相走向光明”。（汉娜·阿伦特《瓦尔特·本雅明》）

二手店颂

挨着黑眼眶的咖啡馆　二手店躲在左岸　得带上一只
紫色镐头　旁边是妓院　腰带上拴着睡觉的跳蚤
弹钢琴的跳蚤　蓝跳蚤　青跳蚤　旧单车滚过臭水坑
波德莱尔刚刚走出去　忧郁　还挂在黑纱窗后面
没找到柏拉图抛弃的亚麻衫　有点失望　他要去别家
再找找　衣冠楚楚的议员不会来这里　下台的演员会
来　发福的资本家不会来这里　多余的诗人会来
踌躇满志的船长不会来这里　跳海的难民会来　教授
不会来这里　逃课的女生会来　刺猬不会来这里

孔雀会来　剪刀不会来这里　肉会来　鳄鱼不会来
这里　乌鸦会来　小轿车不会来这里　拖鞋会来
梅杜萨之筏飘着易装癖的云　门洞中有股子腥味
死衣服等着它的肉身　一个皱巴巴的忏悔室　厌倦了
涂脂抹粉　日新月异　二手店的哲学课　温故知新
有点脏　S M L　谁的遮羞布　烫得那么瘪　那么
平　那么多洗衣粉　他是侏儒小林啊　他是油肚
保罗呵　你是圆规约翰呵　她是罗圈腿乔呵　她是
水桶腰丽丽　我是于　百货公司　永远没有熊的腰围
脱掉旧制服　甩开烙铁暴君　亚当灭掉烟头　夏娃
调整呼吸　红男绿女　贩夫走卒　莫忘了那个春天啊
我们赤脚走过伊甸园　披着霓衣羽裳　未来如雾
太阳刺眼　时代在自己身上　私人的黑生活　味道
要重些　四肢要懒些　行头要轻些　我又不是坦克！
妖里妖气些　体贴些　好玩些　走在大街上　要蒙着
红窗帘　要自闭　演出你的人生　不给他们摄像
罗马人的大浴缸　都是易燃物　抱　逮　翻　捏呵
嗅呵　滚　咬　扯　揉　插呵　向世界挺身而出
跳进　缝起来的火焰　把你的宝贝心肝　揪出来
要有飘带　要有肩　要有膝　要有领袖　要有舌尖
要有唇　要有卵巢　要有胡须　要有脚后跟　要有
大腿　要有汁液　要有黄　塞壬的纺车浅斟低唱

我来了　我看见　我出手　陈词滥调一个个撕开
重新配置　打扮　穿戴　诚实的布有一百个洞
一百个污点　付款　第一只手心甘情愿　第二只手
搂着至爱　第三只手　再摸一把　上帝——那具
衣架　藏而不露的小号深渊　大裁缝　早就做好了
我们的帽子　但是要找　要闯红灯　要头破血流
要感冒　要恼羞成怒　要秃顶　要溃疡　要忧伤
要投降　越界出桂冠　时间是一种灿烂的污垢
虱子保管着不朽之血　刚刚脱掉　又来了　抖开
再揉皱　绷裂又粘起来　风流倜傥　只差着一颗
小纽子　斯文典雅　在于灰的密度　亲爱的
穿上她的粉色内衣　跟着她肌肤相亲　去划船
去游泳　去溜冰　去爬山　去看胖月亮　别碰
她的乳峰　莫撞我的屁股　过道窄　他正在洗心
革面　脖子僵硬的大师　灵感来自墨西哥围巾
主角　梦寐以求的是莫里哀的臭鞋垫　便宜的
手到擒来　珍贵的　够不着　挑来拣去　这里
没有　合格的东西　试试这件　有白杨香气　诸神
都穿过　袖子过长　要卷卷　浪子　你的鞋太薄
美人　你的丝太细　这是谁的牢房　我来开门
哪个的紧身裙　一朵枯花　江南的腰枝来了　马上
盛开　你搂着这一摞　他抱着那一捆　茕茕孑立

这位找回了妈妈的棉花怀抱　朝思暮想　那位遇见了
梦中公狼　称心如意　必定是下一件　下一款　唉
世界的贴面舞会　永远在一堆破布之间　我的下流
更适合这条领带　你的无耻　需要一种开档　套上
那一套　终于解除了面具　戴上这一顶　他首次登基
这把汗　才是“她的香水”世界的老衣柜啊　黑手
总是不够长　小丑们又选错了　回到穿衣镜中　再次
顾影　自怜　黯然神伤就是再生　左顾右盼就是确定
上次你演蓝裤子　这次粉墨登场的是皮夹克　有点
玻璃光　在巴黎　红磨坊附近　天黑前　有位
瘸腿的幽灵　斩获了一双　二手水晶鞋　那个
憔悴的灰姑娘　会喜欢
——2018年3月26日

61

2018年3月28日

巴黎出事了！1932年4月2日，乔伊斯在致贝内特·阿尔弗雷德·瑟夫的信中说：

> 在我的朋友埃兹拉·庞德先生的帮助和幸运女神的眷顾下，我认识了聪明灵巧、精力充沛的人，希尔维亚·比奇小姐。此前很多年，比奇小姐一直经营着一家销售与租借一体的英语小书店，名叫莎士比亚书店。专业出版商不愿冒的险，这个勇敢的女人敢冒，她拿过手稿交到印刷商手里……著名的第戎印刷商达朗季埃先生也一片好心，加班加点干活，因此《尤利西斯》手稿交到他手里没多久，1922年2月，作为40岁生日的礼物，我收到了第一本印好的书。(乔伊斯《尤利西斯自述》)

这家书店已经从奥德翁街搬到了塞纳河边上。虽然有许多旅游者在外面摄影留念，但是卖书这一点没有改变，它没有成为一个可笑的“书店老板”博物馆。里面是一个书籍的小迷宫，读者在里面找书，不小心就要碰到彼此的臀部。还住着一只猫，已经成为世界明星了，它的肖像被小布尔乔亚文学青年拍下来，流布到世界各地。一个星期六的下午，有位作家在一楼朗诵自己的新书，为读者签名。这是一种巴黎习俗。

1921 年 **12** 月 **7** 日，由巴黎作家拉尔博、希尔维亚・比奇等人在莎士比亚书店举行了旨在推广《尤利西斯》的报告会。

> 活动进行得非常顺利。朗读《独眼巨人》的过程中，灯熄灭了，就像是为了独眼巨人本人这么做的，但观众非常耐心。说来奇怪，尽管他问的问题我回答了很多次，拉尔博先生的那份生平介绍还是有许多错讹之处。看来，没有人愿意把我平淡乏味的本来面目介绍给世人。他在最后一刻决定删掉《佩涅洛珀》的几行文字，因为他是往桌子那儿走的时候才告诉我的，我同意了。公平地说，我认为他读的内容糟糕透顶，但现场没有丝毫抗议声，不过就算他把那几行读出来，太阳系的平衡也不会受到多大的影响。（乔伊斯《尤利西斯自述》）

巴黎是亚文化的天堂，也是道统的根据地，卢浮宫周边有奥赛博物馆、巴黎圣母院和蓬皮杜艺术中心等，每一个都是一种文化的道统，卢浮宫是世俗的万神殿，像一个巨大的陶罐，包容着一切。巴黎圣母院是尺度，一起都要在上帝那里获得认可。蓬皮杜是亚文化的根据地，与其说它是反传统的，不如说它通过这种标新立异来令人们更深刻、更原始地投向传统。这群红与蓝组成的管道是一个现代主义的妖怪，相当抢眼，周边都是古老的街道、小巷，它在一群灰蒙蒙的法国黄中鹤立鸡群，就像在青天白日下旋转着的夜总会女郎。它与巴黎格格不入，但是巴黎能容忍它，巴黎可以适应任何被塞纳河卷来的东西。本雅明认为，“最早的艺术作品起源于礼仪——起初是巫术礼仪，后来是宗教礼仪……”如果说卢浮宫是已经完成的仪式，凝固在时间中的仪式，那么蓬皮杜则是在场的、正在发生的庆典，这些庆典往往是一次性的。卢浮宫的压力太大了，那里成年累月汹涌澎湃，世界的海涌向卢浮宫。每个人都是一个浪头，渴望着精神的大海。蓬皮杜总是冷冷清清，自有一种特殊的氛围，里面总是站着些大惑不解的家伙，傻子、天真汉、美国佬、来自中国都市的唯新是从的研究生……热闹的时候，大多数也只是圈内人士的团拜会。圈子外的大部分观众带着一种茫然的表情，他们要干什么？什么意思？为什么？我是傻瓜还是你是傻瓜？目瞪口呆、瞠目结舌、绞尽脑汁地想，担心着自己的一窍不通被识破。里面的东西，明白了那个意思、那个观念、那个为什么，马上索然寡味。有个巨大的玻璃柜，里面密封着厕所里的秽物。这个看一眼就可以了吧，一个厅几分钟逛完。与其像圆规一样站着对那些现成品发呆，还不如回家里去趟在沙发上读它们的阐释论文。比如杜尚的小便池，找个规格差不多的尿上一泡，然后看说明书。蓬皮杜不是神殿，它是对神殿的嘲弄、嫉妒，无法登堂入室，因此它自立门户，另辟空间，拒绝历史，拒绝经验，自己玩自己的。现代主义不过是一种空间开拓的智力游戏，被批评家阐释得高深莫测，拒人于千里之外，才能保持尊严，有点像皇帝的新衣。观众就像罗丹塑的那个头皮发麻的思想者、求救的猩猩、可怜的中学生，永远处于解题的困惑中。唤起思考的东西是艺术吗？这真是一个问题。看杜尚、安迪·沃霍尔们的书比看他们的作品更让人着迷，那些书就像禅宗的补充读物。在卢浮宫，观众暗地里盘算的是，那些作品挂在自己家的哪个位置较好，每个人都觉得自己有权拥有它们。在蓬皮杜，还是让它们待在这里吧，就像在动物园时的态度，是的，那头老虎很震撼，很野气，但是没有人要想把那头老虎领回去。动物园唤起的也是沉思，我是谁？我从哪里来？我要到何处去？蓬皮杜其实是一个虚拟的野生动物园。艺术的宗教永远奉卢浮宫为梵蒂冈，它吸引着那些最基础的、最黑暗的、最普通的、最愚昧的信徒，这才是艺术的骄傲。只吸引前卫人士令当代艺术总是有一种自命不凡的青春品格。卢浮宫是存在，蓬皮杜是主义、观念。蓬皮杜的箭头总是指向卢浮宫，卢浮宫对它来说是一个巨大的无边无际的阴影，那里距巴黎圣母院只有几步之遥。蓬皮杜表面上标新立异，唯我独尊，我估计，许多家伙或许做梦都想混进卢浮宫的阴影里去，沉入那黑暗的基础，匿名于卢浮宫，作为一块镶着画框的砖，平庸地挂在那长城般的墙壁上，这是一种古老的光荣。长城、金字塔之所以超越时间，不是由于一块标新立异的砖，而是集体匿名。或许杜尚是例外，“我喜欢活着，呼吸，甚于喜欢工作。我不觉得我做的东西可以在将来对社会有什么重要意义。因此，如果你愿意这么看，我的艺术就可以是活着，每一秒，每一次呼吸就是一个作品，那是不留痕迹的，不可见不可思的，那是一种其乐融融的感觉”。杜尚颇有点像庄子，他根本不想去卢浮宫，但他永远是一把剑，他肯定不想成为某种锋芒毕露的东西，但他是，他就是锋芒。吾丧我。庄子是世界观，杜尚是主义。有一年，蓬皮杜举办杜尚回顾展，轰动巴黎，已经那么多年过去了，人们还在争论不休，人们依然无法接受那个小便池。庄子对于杜尚，是一种革命纲领，一种反叛的观念。伦勃朗没有这个问题，人们从来不争论他是不是，他就是阿姆斯特丹地方出产的一罐盐巴，一块桌布，争论什么？杜尚与盐有什么关系，有的，更复杂的关系，复杂到虚无，就像早期的基督教那样，解释者试图解释清楚，但是材料不对，只能到解释为止，说服不了人们。它或许应该来一次十字军东征，把卢浮宫烧掉。

在客厅里女士们来回地走，
谈着画家米开朗基罗。
——艾略特《J. 阿尔弗瑞德·普鲁弗洛克的情歌》，查良铮译有个中国来的挎着书包的家伙不知道摆在地上拴着气球的一条绳子的尾部也是作品的一部分，抬腿跨将过去，被馆员怀着优越感大声呵斥。现代艺术永远渴望着被认可，被解读，成为日常生活的常识，对于艺术来说，革命这个头衔毕竟太生硬了，现代艺术戴着它就像是假发套。卢浮宫只是个讨价还价的问题，就像田野里刚刚挖出来的土豆。如果没有解释者，现代艺术还有希望吗？谁愿意为那些框在玻璃罩子里的厕所中的秽物讨价还价？这个东西在理论上是图像，但经验和感觉不是。它只是挪动了位置，必须要解释才能建立这种挪动的艺术合法性。评论家就像律师，观众根据经验而不是观念来判断。杜尚的小便池就是秽物，无论怎么看都是小便池。辩护除了对那些迷信观念、喜欢被牵着走的观众有效外，对审美力正常的庸众是无用的。他们不喜欢启蒙，他们喜欢被经验蒙蔽，美不是标新立异，而是老调重弹。现代艺术是知识分子的游戏而达·芬奇不是。蒙娜丽莎显然不是知识分子，她可能是佛罗伦萨的一位厨娘。世界变了，这是一个标新立异、自我辩解、自圆其说的时代。我每次去蓬皮杜总是会想到“花样”这个词，看看他们又在玩什么新花样。我最喜欢的博物馆还是奥赛，它在塞纳河的左岸；而卢浮宫和蓬皮杜都在巴黎圣母院附近。一个是军队，剑拔弩张；一个岿然不动，是城堡。前火车站奥赛有着从卢浮宫继承来的坚实、宏大，但没有它那么臃肿滞塞，也不像蓬皮杜那么锋芒毕露，依赖阐释。一个多世纪，愤世嫉俗的奥赛已经具有古典气象了，早期的现代主义距离古典不远，那不是颠覆，而是一种修改。它没有修改主题，只是修改了笔触、图案，世界在这里不再那么确定无疑了，它在更准确地暧昧着。

巴黎创造了某种叫作巴黎的东西，某种场，或者叫作巴黎矿，就是摧毁了巴黎本身，这种巴黎矿也不会消失，这种矿物质已经成为超验，蔓延在人类的欲望中。“到巴黎去”，这是一种世界性的欲望。你想成为一个另类之辈，那么到巴黎去，就像杰克·伦敦小说中的育空，吸引着世界的人生淘金者。就像20世纪初的圣彼得堡或者20世纪30年代的延安吸引革命者那样，巴黎吸引着世界上那些崇拜“艺术形而上”的人们，“艺术是生命的最高使命和生命本来的形而上活动”（尼采《悲剧的诞生》）；吸引着世界上无数的想成为诗人、思想者、艺术家的人们；吸引着大群的异装癖、波西米亚族、同性恋、萨德的粉丝、无所事事的闲游浪荡者。巴黎不在乎你物质匮乏，或仅仅因为精神空虚而闲逛，巴黎愿意满足你的安贫乐道。“一箪食，一瓢饮，在陋巷，人不堪其忧，回也不改其乐。贤哉，回也！”（《论语》）巨大的精神之邦，现实的空间日夜生发着无用的空间，想象的巴黎和现实的巴黎交错，穿过巴黎，就是穿过波德莱尔的所谓的“象征的森林”，巴黎并不要求你多么富有，只要有基本的温饱，你就可以得到那种财富永远购买不来的富足感。巴黎吸引着一条条满载着难民的醉舟，他们的受难是一种精神的受难。人们涌向巴黎，有时候只是为了一睹卢浮宫的《蒙娜丽莎》。似乎荷尔德林的那句诗——“人充满劳绩，却还诗意地栖居在大地上”，并没有那么深刻，它只是为巴黎这种地方写下的一句平庸广告。

62

1995年9月8日

卢浮宫就是一座矿山，一个集市，熙熙攘攘，每个人都不想亏待自己的门票。排了那么长的队，一定得看出点什么，他们盯着那些世界名画，听着导游胡说八道，导游把那些油画都说成了一篇篇话本。夏尔丹的作品在三楼，像厨房里油乎乎的墙面一样灰暗，有些微光，就像一块小抹布轻轻地揩拭着它，有个永恒的厨娘照料着这些画。大部分人排着那苦海般的长队，鱼贯而入，只是为了朝拜《蒙娜丽莎》。德农馆二楼的莫里恩厅水泄不通，远远地隔着一个人头乱拱的广场，朝着那幅照片般的油画瞄上一眼，蒙娜丽莎就像昔日的领袖。"我看见了《蒙娜丽莎》。"仿佛是被藏传佛教的上师摸过顶，然后就跟着团队的小旗子离开。这是一种世界性的朝圣，大厅里像1936年的德国广场那样沸腾，举着手机的数百个手臂就像纳粹党员在朝着元首致敬。大厅就像一个世俗的教堂，任何一位心仪她的男子都可以与这位佛罗伦萨贵妇同床共枕，他们只不过是一些虚拟的通奸者。他们都敢这样做，他们不必害怕宗教裁判所的惩罚。他们可不敢在任何一座教堂里这样端详圣母。这种美是可以亵渎的，不可亵渎的美不是美，是教条。而这位佛罗伦萨女士，基督教世界从来没发现，正是一位圣母。黑暗里的圣母正是蒙娜丽莎，这种拯救才是实质性的。世界从来没有像这样团结起来，如孔子说的“诗可群”。各种各样的口音都在喃喃自语着“蒙娜丽莎”“蒙娜丽莎”，蒙娜丽莎令万众一心，汉语、拉丁语、日语、韩语、英语、意大利语……都在念着“蒙娜丽莎”。“上帝保佑”“安拉”“阿弥陀佛”“嗡嘛呢叭咪吽”……恐怕都没有“蒙娜丽莎”那么像五湖四海的涛声。

63

2018 年 2 月 12 日

巴黎圣母院是一个洞穴，那 **12** 块基石濒临河岸。群兽出没，在白昼的光辉中排着长队，明珠暗投，进入到黑暗之穴。回到子宫，这是一场后退。“我们的女士”（Notre Dame）的内部什么也看不清楚，只有些形而上的概念弥漫在空间中，庄严、雄伟、幽深、崇高……巨大的岩石，凑近去就像凑到苍老大象的脸上，它的眼睛埋在一堆皱纹里，闪着微弱的蓝光。正是这种混沌的暗，天昏地暗，那些宗教概念似乎开始显现，“惚兮恍兮，其中有象”。若明若暗（说不清楚是暗还是明），看见了，不是恺撒式的“我来，我见，我征服”（拉丁语：VENI VIDI VICI）。你来了，你看见，你在场，但无法指认，仿佛正在生病，视觉在退化，但变得犀利无比，看得见平时无法集中注意力去看见的那些深邃之处，有人看见那些古老的眼睛，但只是他个人的事，看见不是一种集体感知，而是私人无法交流的幻觉。就是那些高踞在最核心的位置上的偶像，也无法指认，仿佛只是在你心中，没有成为是，只是你内心的高度与清晰，你在一个空蒙的空间中看见你自己暧昧不明的心。暗无天日（在这里，暗就是太阳，暗不是一桶油漆，而是一轮光谱丰富的太阳）。明争暗斗（此室有微光，彼室稍亮，有人贡献了比萨香烛。据百度百科“巴黎圣母院”载，18 世纪末的法国大革命时期，教堂处处可见被移位的雕刻品和砍了头的塑像，唯一的大钟没被熔毁，之后教堂改为理性圣殿，后来又变成藏酒仓库，直到 1804 年拿破仑执政时，才将其还为宗教之用。拱门上方为众王廊，陈列着旧约时代 28 位君王的雕像。这些雕像在 1793 年法国大革命时被误认为是法国君王，于是被破坏拆除，到了 1977 年才被找到）。阴阳交错（此窗的光来自北方，彼窗的光来自塞纳河）。幽暗（地下室，由忧郁通向懊悔之光）。阴暗（躲在冷风吹背的僻静处，无人敢久留，似乎昔日宗教裁判所导致的冤魂正在扑上来）。昏暗（从一排蜡烛前踽踽离开）。晦暗（晦是一个古老的字，意思是，月尽也）。微暗（有些圣徒的石头脚掌经过数世纪的烟熏烛照、手的抚摸，亮了起来）。暗藏（一切都公开地藏着，被一只黑暗巨箱锁着，而这个箱子就像一家光明制造厂那样忙碌）。暗杀（有人被这无边无际的暗吓坏了，跌出去，回到白天里，回到常人间，他们脸色苍白，被黑暗洗得干干净净）。暗自（每个人都是独自一人，虽然那么多旅游团在里面，但是导游不见了，小旗子不见了，那些世俗领袖都悄悄地失踪了，“大家半小时后在出口外面集合”）。暗语（语言失去了光，世界与它的命名失去了对应。聆听，想象着语言，自由的时刻，你可以对神说任何话，没有现实在监视你）。暗影（无数的影子融为一个梦魇般的巨团）。暗枪（忽然被击中，觉悟是因着明的消散，暗的密集。无边无际的乌鸦现在呈现为你可以置身其中的乌鸦，巴黎到处飞着乌鸦，这种古老的鸟儿，叼着食物和看不见的往事，它们见证过一切，高卢人、贞德、路易十六、雾月、拿破仑、断头台、维克多·雨果、凯旋门、**1968**……）。暗地（巴黎圣母院是巴黎的暗地）。暗记（胎斑、疤痕。记忆在黑暗里复活，无限的往事。我想起三一教堂，多年前的一天在昆明武成路，教堂着火了，我看见几个黑礁石般的尸体从湿淋淋的窗子里抬下来。到秋天，“文革”开始了，土地庙里的大黑天神的头滚下来，它骑着的白牛粉身碎骨。人们在那条街上烧书。火焰在书籍中升起，变成黑色的蝴蝶，就像是一种普通读物升华为《圣经》的仪式）。暗箭（藏在某处，并非置人死地，复活，来自犹大的暗箭）。暗码（为什么？在这晦暗不明的箱子里，离世界的谜底很近）。暗哨（巴黎圣母院是世界信仰的一个暗哨，你不仅仅是在巴黎，你在字里行间、闲言碎语中遇到它，我第一次看到它是在一张明信片上，**1949**年从上海寄到昆明）。暗中（你穿过各种界限模糊的暗部，来到暗的中间，那里是黑暗中最亮的部分，空旷如摩西的荒野）。暗堡（建造一个岛上的哥特式城堡）。暗礁（塞纳河上的船经过这儿，总是要触礁般地颤抖起来）。暗探（黑暗在召唤探索、背叛和皈依）。暗含（暗是更伟大的，它包容一切光，只有暗能够含，光不能）。暗淡（这是一个诗意诞生、现实隐去的时刻）。暗香（各种各样的气味弥漫其中，巴黎是一个多么热爱香水的城市。

有一天，安博兰带我去圣叙尔皮斯教堂附近的一家老字号香水店，我买了一种叫作“暴风雨的清晨”的香水。安博兰是中国蓝出版社的老板，后来加入了伽利玛出版社，她出版了我法语版长诗《0档案》。我去出版社拜访她，那一天我们站在伽利玛的花园里照相。她身上传来某种花香。过了10年，我再次遇到她，她带我去了这家香水店）。暗号（古老的暗号，精神生活的接头处）。暗话（无数的话语在沉默中喧嚣，这不是风景，只是一种精神生活的机关，一旦进去，你的思想就无法沉默）。暗线（黑暗创造出无边无际的路线，茫茫宇宙漫游，大教堂里的流星）。暗送秋波（有人开始背叛唯物主义）。柳暗花明（其间经历了182年，大教堂在1163年动工，在1345年建成，明朝还没有开始）。暗度陈仓（你只是跟着一家旅行社进来参观，最后发现你已经被洗礼，永远难忘，生命的刻痕。即使你后来没有成为基督徒，但是你去了巴黎圣母院，有些地方是不能去的，去了你的生命就误入歧途）。弃暗投明（有些人出来的时候成了基督徒，他们只是进入了一处建筑物。教堂坐东朝西，正面高69米，承袭自老教堂的基本格局，平面形状是一个十字架。十字架的顶部是祭坛，十字架的长梁是一个长方形的大厅。里面并排着两列间距16米、高24米的石头长柱，大厅可容纳9 000人，其中1 500人座席前设有讲台……）。由于想要全神贯注地在这洞穴里看得清楚些，再清楚些。人们开始盲目，在外面他们从来不会这么看，他们想看到上帝在场的细节，就像看出事物的含义从事物里面举着牌子走出来。我进去过 **3** 回，看不出里面到底是什么样子，出来就忘记了，它禁止你将在其中洞悉的带出去，你必须亲临，在场，才能洞悉。

> “这个物体”，处于它全部的天真的坦率中。它，没有任何其他东西相伴。它处于它完全的孤独中。（让·热内《贾科梅蒂的画室》）

人们从法国境内涌来，从世界各地涌来，从那本被广布到世界各地的巴黎之书中涌来。这么多时间过去了，这么多一动不动的房间，人类创造了那种容许不再曝尸荒野，而在家具、器皿、书籍、古董或者各种心爱的小玩意的簇拥中死去的所在。人们说这是雨果的家，这是巴尔扎克的家，这是左拉的家……那意思就是说他们死在这里，终结在这里。他们死了，下一代也死了，没有左拉或者雨果的一代也死了。另一个左拉何时会搬进来？那么多老房子，每一间都抬走过尸体，不同的只是死亡泰然自若地被移走或被扯着胳膊拖走。空气中弥漫着一种干掉的尸味。死去的东西也包括其他东西，植物、天空、河流、落日、房间里的漆色、厨房煎锅旁边的胡椒瓶、白得耀眼的鸡蛋、窗子的方格里模仿了圣母院玫瑰窗的玻璃、石头、面包、杜松子酒……死亡与诞生错综复杂，巴尔扎克出生 **3** 年后，雨果生下来，同年大仲马出生。普鲁斯特 **14** 岁的时候，雨果死了……这个来了，那个挪位。流星在黑暗的宇宙中打着太极。仁者人也，这意味着人也要创造自己的死亡，文明就是照亮死亡，死亡是黑暗的，死亡是封闭、终结，只有文明才使死亡敞开，令死亡充满诗性。生命其实是一场对死亡的探究，我们将如何去死，佛教探究佛教的死，基督教解释基督教的死，儒教说儒教的死……文明令解释死亡不再是宗教的特权或无言的流沙，死亡的归宿不仅在非此即彼的天堂或地狱，死亡也终结于不确定的诗意，诗意地栖居。一个文人在他的藏书和稿纸之间死了，他的天堂或地狱都在他的遗稿中，这也是好死。如果你可以在现世死去，枕着你自己温馨的，日常的，独一无二的，挤满各种调味瓶、小玩意、宝贝、陈芝麻烂谷子的小天堂，为什么要去那些荒凉的、广场般的、合唱团震耳欲聋的大天堂？“你在巴黎的家成了你双手的祭坛，你的黑眼睛变成最黑的眼睛。”（保罗·策兰）巴黎创造了它的死，死亡冰凉的灰白色变得像教堂彩玻那样丰富多彩，充满诗意，充满巴比松画派的芳香、印象派的智慧、波德莱尔的忧郁、兰波的诅咒、魏尔伦的暧昧、长棍面包生殖器般的持久、夏尔丹静物的厨房之歌、米勒画面中农妇般的朴素、“暴风雨的清晨”牌香水、萨瑟纳吉蓝纹奶酪、米拉波桥的深邃、奥德翁剧院的归宿感、塞纳河岸边的一本旧书中的虫子味……这是巴黎最伟大的贡献，巴黎贡献了一种死法，就像宋代的中国江南贡献过的那种死法。死在自己的文房四宝、假山怪石、花鸟鱼虫、画栋雕梁之间。无论生死，就像印度的瓦拉纳西，那些印度教徒都以死在那里为荣。你都不必离开巴黎了。巴黎之死就是死在那些不朽的花园，后院，旋转楼梯和吊灯环绕着的、博物馆般的小房间中；死在一个普鲁斯特或者雨果式的房间中；死在褪色的天鹅绒窗帘的后面；死在百读不厌的书籍、花瓶腹部散发的微光中；死在镀银的、壶嘴被磕瘪了一处的铜咖啡壶，相框中日渐褪入记忆的祖父祖母们的肖像，磨得像干掉的小水坑的勺子，盐罐，牙签筒，老花眼镜，火柴盒，漏水马桶创造的布鲁斯，多年前挂在厨房门后被遗忘了的布瑞林火腿，来自中国的 **17** 世纪制作的镶着贝壳的茶几，落地灯前的地毯上散落着的稿纸，书桌上摆着的、多年前从马里或者埃及带回的面具之间；死在夏尔丹、米罗、柯罗、西斯莱或者他们众弟子的原作之间……这不是《圣经》式的死亡，《金刚经》式的死亡；这是《追忆似水年华》式的死亡，《尤利西斯》式的死亡，《红楼梦》式的死亡……

巴黎的生活富有诗意，令人惊奇。“奇妙的事物像空气一样包围着我们，滋润着我们，但是我们却看不见。”“成千上万飘忽不定的人——罪犯和妓女——在一座大城市的地下往来穿梭，蔚为壮观……”（波德莱尔）巴黎就像某种日夜不息的祭典现场，某种庙宇，活着的吴哥。人们来到巴黎，仿佛都成了艺术僧侣。即便睡去，祭典也不会结束，黑暗之光在那些古老的街道、尖塔、玻璃、门面、石头墙壁、各式各样的雕塑、花园、宫殿、水池、公寓和睡在某个角落里的流浪者之间跟着夜巡人、警车的尾灯在塞纳河边上亮着，一只狗正在坦然穿过卢浮宫和巴黎警察局之间的大片空地。就地理形势来说，巴黎也是一种祭典般的分布，蒙马特高地上的圣心教堂高踞，从高地向下走，踩着那些凹凹凸凸的石头，有时候会遇到秋天留下的水洼和落叶。途中有个小广场，许多拙劣的画家在那里兜售行画或者为游客画肖像，他们永远画不出杰作，永远是那个水平，就像塞纳河，永远是那个水平。毕加索之流就住这附近，时不时要扔掉笔，穿过这个广场去一家小店喝杯咖啡。天才毕加索死了，这个小广场依然如故，那些老画家依然平庸如故，他们永远叫作弗朗索瓦，在调色盘上搅拌着五彩缤纷、俗不可耐的颜料。他们就像街面上的石头，如果他们消失了，这世界就没有走平路的地方了。冷冷地穿过这些三流画家，沿着石块路下坡，高地的底部是地铁和印度人的集市，灰黑的街区。与巴黎最豪华的地区相比，这里就像19世纪的贫民窟，垃圾、肮脏的墙壁、无名艺术家的涂鸦、身份不明的家伙、窃窃私语的胖子、长着络腮胡的哲学家式的人物。阿拉伯人的烤肉柱，就像绑在祭坛上的俘虏，借着微弱的灯光，厨子令人痛心地用锋利的刀子将烤熟的肉片一片片切下来，裹在卷饼中。番茄汁像血那样浓浓地浇上去，看上去残忍而有快感。危险而充满艳遇，如果你足够无畏且浪漫的话。我买了一块从加尔各答运来的棉布，然后就来到塞纳河冲积出来的平原上，如果继续朝着塞纳河方向走，会经过巴黎北站，这里有许多非洲移民开的酒吧，那些黑皮肤的人在阴郁的光线下，就像大海边被阳光烤焦的盐柱，他们从早到晚坐在里面，一杯接一杯喝着啤酒，有时候起来跳舞或者打架。经过圣文生・德・保禄教堂（Église Saint-Vincent-de-Paul）。运河边扔着一堆堆酒瓶，有人扑在草地上，少年在踢球。穿过第九区那些犹如鸡肠的街道，各种各样的小店仿佛是排列在一家巨大厨房中的一个连一个的调味瓶，纽扣店、拉链店、古董店、皮草店、文身店、皮鞋店、夹克店、二手店（全部一折）、咖啡馆……一个幽暗的门洞，洞口守着一位涂着红唇、耳轮上垂着金子、周身在沦陷的老妇人，**19** 世纪剩下的妖怪，整日坐在门洞里，看着街道。发黄的古董店，一位胡子拉碴的老头正在布满灰尘的玻璃后面拿着一只放大镜，端详着一本牛皮封面的书。画廊，一位摄影师刚刚从喜马拉雅南麓拍回的部落肖像。一条短小的街，街边蹲着一群黑皮肤的人，他们在等着理发，这些理发师技艺高超，闻所未闻，手艺是将卷曲的头发拉直。大衣店、洗衣店、意大利杂货店、裁缝店、相机店、巧克力店……靠着电话亭抽烟的老年妓女，站在门厅边的妓女穿着一身绿衣。共和国广场，共和国女神的雕像下面一到白天就坐满闲人，脚边扔着购物袋、旅行包，眼神空洞，似乎在眺望另一个商场。再向南，塞纳河就不远了，那一带满布着世界著名的地址。

塞纳河到了。这河流在法国黄的石头建筑物上闪着光。秋天，肥白的云在天空堆积，似乎因淫欲过度而瘫痪。巴黎圣母院的黑纱去除了，10年中我去过两次，都被外墙整修的黑网罩着。19世纪的监狱阴沉沉的，带着钢盔般的圆帽。人们只能维修巴黎，永远无法摧毁巴黎。这个时代已没有那些昔日的咖啡馆大师了，咖啡馆里坐的都是世界各地的游客，兰波、波德莱尔、雨果、卡米耶·柯罗、让·弗朗索瓦·米勒像传奇或神话被谈论着。人们指着那栋房子说，这是魏尔伦的家，这是罗丹的花园，这是莫奈的教堂，这是德加的舞台……那些时而歌唱、时而忧伤的诗人无影无踪，塞纳河上，一艘艘游轮在欢呼，无数的人举着手机或者照相机。塞纳河岸边掉着许多腿，坐满了人，仿佛这河流是卢浮宫里的《蒙娜丽莎》。人们闲谈着，饮着酒或水，弹吉他的、玩足球的、照相的、拥抱的，有一个看不见的浪涌到人群中，一些人获得勇气，开始第一次接吻。兜售啤酒或者可乐的阿拉伯人沿着河岸走来走去，游船驶过时，甲板上的人和两岸的人彼此欢呼，人们在庆祝黄昏。

20年前，我的法语译者雅克琳夫人邀请我去她家用午膳，她做了烤鱼。锡纸打开的时候，乳白色的鱼段像象牙那样露出来，冒着轻微的热气。我一边用一只镶着象牙手柄的细刀子切着鱼块，一边问她丈夫，有没有离开过巴黎？他像万年前的穴居人那样不假思索地反问：为什么？

着火了　着火了　黄昏的巴黎在着火

就像高举刀剑的罗马人　落日在大街那头纵火
塞纳河的光在燃烧　面包在燃烧　酒瓶在燃烧
大教堂在燃烧　波德莱尔在燃烧　玫瑰在燃烧
侍应生的青铜托盘在燃烧　石头的乳房在燃烧
皮鞋头和咖啡馆门口的一排排椅子在燃烧
糖块在燃烧　奶酪在燃烧　一只只金表在燃烧
居民在燃烧　流浪者在燃烧　他们眼睛发亮
头发一丛丛在火焰中升起　这不是毁灭世界的火焰
这是照亮生命的火焰　一切都心甘情愿被烧掉
永劫不复　只留下巴黎　那世界的炉膛
那冷却时间中的诗篇　那黄金铺就的黑暗街道

2018 年 4 月 6 日星期五完稿

跳蚤市场的一个摊位，摊主是一位正在织毛线衣的太太，穿着猩红色的连衣裙

蓬皮杜中心的张望者

作为学校的卢浮宫

教堂内部

正在祈祷的穿粉红色T恤的秃顶男子

只有一个信徒的教堂